LES
TROUBADOURS
MODERNES.

SIC RESTITUTA VIGEBUNT

LES
TROUBADOURS
MODERNES
OU
AMUSEMENS LITTÉRAIRES
DE L'ARMÉE DE CONDÉ.

A CONSTANCE

1797.

AU ROI.

SIRE,

DANS ces siècles heureux où l'Homme simple encor
Ne possédoit pour tout trésor
Que les présens de la Nature;
Sa piété fidelle et pure,

Pour rendre hommage aux Immortels,
Ne leur présentoit pas de riches sacrifices :
Mais il venoit, sous les plus doux auspices,
Porter ses premiers fruits aux pieds de leurs autels.
Les Dieux sur ses présens jetoient des yeux propices,
Parce qu'ils étoient purs et simples comme lui.
Ainsi de nos travaux nous osons aujourd'hui,
SIRE, vous consacrer les fleurs et les prémices ;
Ce tribut doit vous plaire ; il vous est présenté
Par l'amour et l'honneur et la fidélité.
Notre gloire est d'offrir, les premiers, à la France,
Ces exemples d'amour si chers à votre cœur.
Il suffit, pour notre bonheur,
Qu'un seul de vos regards en soit la récompense.

Par M. DE TEZMONVILLE,
Chasseur Noble, Comp.e N.o 16.

AVIS AU LECTEUR.

POUR peindre Flore et le Printemps,
Et les jeux de Bacchus et les transports de Gnide;
Nos Muses, d'une main timide,
Ont essayé tour à tour des pinceaux différens:
Qui voudroit plaire à tous, n'auroit petite affaire;
L'un veut blanc, l'autre noir;
Celui-ci n'ose voir,
Même au travers d'une gaze légère;
Un autre, ennemi du mystère,
Pour mieux fixer, déchire le mouchoir.
Pour flatter tous les goûts, il faut être volage;
Dans les écrits, comme dans les tableaux,
Tantôt du sérieux passer au badinage,
Et séduire les sens par des objets nouveaux.
Comme le papillon, sur les fleurs du bocage,
Ne se repose qu'un instant,
Ainsi le Lecteur inconstant

Parcourt les feuillets d'un ouvrage.
Mais, pour finir par un conseil très-sage,
Sans irriter, sans flatter le Censeur,
Nous lui dirons, s'il prenoit de l'humeur,
Sans vous fâcher, Ami, tournez la page.

Par M. le Chev. DE QUERELLES,
Chasseur Noble, Comp.[e] N.° 17.

AVERTISSEMENT, AVANT-PROPOS, PRÉFACE, OU TOUT CE QUE L'ON VOUDRA;

CHOSE PEU ESSENTIELLE A LIRE.

DANS une grave Préface
Verroit-on les Troubadours,
Chantres badins des Amours,
Humblement demander grace
Pour leurs légères Chansons?
Non, l'ennui de ces Sermons
Effarouche la jeunesse,
Endort la triste vieillesse,
Et communique au Lecteur
Un grain de mauvaise humeur.
A l'aspect d'une Préface,
Phœbus, faisant la grimace,
Recule comme un enfant,
A qui la cour d'Hyppocrate
Offre un breuvage effrayant;

En vain sa mère le flatte,
Il ne prend qu'en frissonnant
La coupe amère et terrible ;
Et souvent plus inflexible,
Il la jette avec courroux.
Qu'il est ainsi d'enfans ! les Lecteurs le sont tous :
L'impatient Français, dans son humeur volage,
Voudroit, sans franchir de passage,
Arriver droit au rendez-vous.

Mais n'en seroit-il pas ici comme au Théâtre, où ce qu'on ne sauroit dire on le chante ; et, à la faveur du Vaudeville, cet aimable fils de la Gaieté, ne seroit-il pas possible de mettre le Public au fait de notre entreprise ?

Air : *De l'Opéra des Amours d'Été.*

En quatre mots je vais vous conter ça :
D'abord chacun par-ci, par-là,
Pour lui seul griffonna :
Or, c'étoit pour se distraire,
Dans une terre étrangère,
Qu'on faisoit cela ;
Mais, après ça,
L'amitié nous lia :

Un jour on s'assembla,
On revit tout cela;
L'amour propre nous aveugla:
Bref, on nous imprima.

Au surplus, si ce petit Recueil, fruit des momens de loisir dérobés au tumulte des Camps et aux fatigues de la Guerre, n'a pas le bonheur d'être accueilli favorablement du Public, n'avons-nous pas la ressource ordinaire de nous écrier contre le mauvais goût du siècle, et d'en appeler gravement au jugement de la Postérité. Serions-nous d'ailleurs la première Académie dont les immuables décrets aient trouvé une foule d'opposans, et qui ait été réduite à s'admirer en elle-même comme l'oiseau de Junon dans son plumage nuancé. C'est cette considération qui m'a fait dire avec hardiesse à mes chers Confrères :

Dans votre carrière olympique
Ne redoutez plus les faux pas :
Ce beau fauteuil académique
A chaque instant vous tend les bras;

C'est entre vos mains qu'est la pomme
Unique objet de tant de vœux :
Et d'un mortel faire un grand homme
Est le plus léger de vos jeux.

A peine eus-je achevé ces paroles, qu'un éclair rapide fendit les nues, un coup de tonnerre répété au loin par l'écho des montagnes nous paroît être l'interprète de la volonté des Dieux : nous nous inclinâmes avec respect, et nos yeux ne s'élevant qu'avec une sorte de crainte religieuse vers le Ciel, apperçurent,

Dans un nuage lumineux
Une jeune et belle Déesse,
De qui le port plein de noblesse
Présentoit un contraste heureux,
Avec certain air de finesse
Qu'on voyoit briller dans ses yeux.

Mais son costume étoit si singulier, que je ne l'ai jamais vu décrit dans aucun passage de la Fable. Je fus cependant un moment tenté de la prendre pour Minerve ;

Car je vis à son bras cette immortelle Égide

Qui fixe le sort des Combats,
Bouclier, dont l'aspect glace le régicide,
Et lui montre, pour prix de ses noirs attentats,
L'Enfer entr'ouvert sous ses pas.

Néanmoins je ne pouvois guères concilier les attributs de la Déesse avec ceux de Pallas; en outre que ses traits avoient quelque chose de moins imposant.

Le casque qui couvroit sa blonde chevelure
Étoit orné de myrte et de laurier,
Un court manteau de Chevalier,
Mais qui des ans avoit souffert l'injure,
Étoit son unique parure.
Sur son sein un bouquet de lis
Demi-panchés, demi-flétris,
Sembloit à chaque instant attirer sa prunelle
Qui les fixoit avec douleur;
Et reprenant ensuite une flamme nouvelle,
S'élevoit vers les Cieux, et cherchoit leur vengeur.
Sa main droite tenoit le luth de Polymnie,
Et près d'elle un petit Génie,
En se jouant, feuilletoit mille Écrits,
Odes, Chansons, et Vers, qui de Paris
Eussent jadis fait les délices,

Quand le Français, heureux sous l'empire des Rois,
Voyoit avec transport sous leurs mains protectrices
Les Talens et les Arts croître à l'abri des Lois.

Le nuage s'abaissant doucement et par degrés jusqu'à nous, la Déesse jeta sur notre petit cercle un regard de bienveillance ; et les paroles qui sortirent alors de sa bouche enchanteresse retentissent encore au fond de mon ame :

O mes enfans, ornement de ma Cour,
Vous qui, du Peuple Troubadour,
Dans ce siècle félon nous retracez l'image ;
Vous qui, Guerriers et Chantres tour à tour,
Servez de vos Écrits et de votre courage,
Des Rois, objets de votre amour ;
Reconnoissez en moi cette Déesse sage,
Qui vous inspire nuit et jour.
Mon cœur est pénétré du soin tendre et sincère,
Que prend votre esprit généreux,
D'orner pour les Humains la vertu trop austère,
Sans jamais prodiguer à l'erreur mensongère
Le pur encens réservé pour les Dieux.
Oui, je suis cette Académie,
Qui, malgré les efforts d'une ligue ennemie,

Veux, de deux glaives à la fois,
Défendre les Bourbons, l'Innocence et les Lois.

Puis, se tournant vers notre Secrétaire, elle lui adresse ces paroles :

Et vous, digne dépositaire
Des Écrits de mes chers Enfans,
Vous êtes trop discret; le voile du mystère
N'est pas fait pour le Pinde : il ne sied qu'à Cythère;
C'est le partage des Amans.
La gloire veut une plus vaste sphère;
Le temps s'envole; hâtons-nous de jouir;
Si, par malheur ma palme est éphémère,
Empressons-nous de la cueillir :
Le jour est arrivé : voyez comme une Mère
Peut tout oser pour vous servir.

A ces mots la Déesse frappe de son poignet nerveux et toujours triomphant, ce front où président tant de graces; nous tressaillons de douleur et d'effroi :

Mais, ô prodige surprenant !
Qui ne prendra ceci pour un tas de sornettes?
De ce front entr'ouvert, un livre au même instant

Sort tout broché, décoré de vignettes,
Et tout pétillant des bluettes
Que fait jaillir le sentiment.

Notre Secrétaire reçut entre ses bras le nouveau-né, comme jadis Numa reçut de la Nymphe Égérie des Lois, qui firent pendant long-temps le bonheur des Romains.

Et ton bonheur aussi n'est-il pas notre étude
Et la plus chère de ton Roi?
Peuple Français : ah ! loin de toi,
Accablés de soucis, rongés d'inquiétude,
Nous combattons avec douleur
Les victimes infortunées
De ton Sénat usurpateur,
En demandant au Dieu qui tient nos destinées
De terminer enfin le régne de l'erreur.

Par M. DU C....

Faute à corriger ; page ci-contre, Vers 7.

Au lieu de Ceux que ce sentiment inspire

Lisez Ceux que le sentiment inspire

LES

LES TROUBADOURS MODERNES OU AMUSEMENS LITTÉRAIRES DE L'ARMÉE DE CONDÉ.

HYMNE DES CHEVALIERS FRANÇOIS.

PRENEZ l'héroïque trompette,
Filles des Dieux, aimables Sœurs;
Qu'à l'envi par-tout on répète
Vos chants et le cri de nos cœurs.
Les accens d'un Peuple en délire
Des airs ont troublé le repos;
Ceux que ce sentiment inspire
Sont les seuls dignes des Héros.

Du sort bravant tous les outrages,
LOUIS reparoît à nos yeux ; (1)
Tel on voit du sein des orages
Sortir le Soleil radieux.
Qu'un Roi poursuivi par le crime
S'exile en des climats nouveaux,
Le monde en voyant la victime
S'attendrit aux pieds du Héros.

Nobles guerriers, ames sublimes,
Vous qui, fidelles à vos lois,
Consacrant leurs droits légitimes
Dans l'exil proclamez vos Rois. (2)
Ah ! ce jour doit vous rendre encore
Plus grands aux yeux de vos rivaux !
Les regards d'un Roi qu'on adore
Élèvent l'ame des Héros.

---

(1) Le Roi arriva à l'armée de Mgr. le Prince de Condé dans le mois de Mai 1796.

(2) Le Roi fut proclamé par Mgr. le Prince de Condé aux acclamations de toute son armée à la suite du service célébré au camp de la Noblesse pour le repos de l'ame du feu Roi.

D'autres Guerriers, vengeurs du Trône, (1)
Louis, combattent loin de toi ;
Leur courage que rien n'étonne,
S'enflamme au seul nom de leur Roi.
Anciens Preux, toujours nos modèles ;
Quittez un moment vos tombeaux,
Et voyez des Sujets fidèles
Soudain transformés en Héros.

D'Artois entre dans la carrière, (2)
D'Artois dans ces nouveaux Soldats
A fait passer son ame entière ;
Tel on peint le Dieu des Combats.
Ainsi nous retraçant Alcide,
Condé dans ses moindres travaux
Arrache même au Régicide
Les hommages dûs au Héros.

Le rebelle aux champs de la gloire
Retrouve par-tout des Bayards,

---

(1) Les Vendéens et les Chouans qui existoient alors.

(2) Mgr. le Comte d'Artois venoit de s'embarquer pour les côtes de France.

Et pouvant à peine le croire,
Voit les BOURBONS de toutes parts.
Leurs drapeaux sont l'effroi du crime,
Leurs soins le prix de nos travaux;
Et leur suffrage et leur estime
La récompense des Héros.

Honneur, fidélité, vaillance,
Mots ravissans chers à nos cœurs,
C'eſt par vous... par vous que la France
Verra venger tous ses malheurs.
LOUIS nous ramène l'aurore
Du jour qui doit finir nos maux;
Et sous ses pas l'on voit éclore
Myrte et laurier pour les Héros.

Livrons aux fureurs de Bellone
Des tigres de sang altérés,
Mais aux pieds d'un Roi qui pardonne
Ramenons des cœurs égarés.
Nous ferons chérir sa clémence
Malgré les plus affreux complots;
Le repentir et l'innocence
Sont sous l'égide des Héros.

Tandis que l'on t'appelle aux armes ;
Ton Roi te rappelle à la paix ;
Lis ses écrits, verse des larmes,
Peuple ingrat, redeviens François.
En immolant à des prestiges
Ta gloire, ton sang, ton repos,
Ta valeur a fait des prodiges ;
Mais la vertu fait les Héros.

Par LOUIS DOUZE gouvernée ;
Reconquise par un HENRI,
France, voilà ta destinée ;
Le Lys renaît toujours fleuri.
Lorſqu'enfin le sort moins contraire
Anéantira tes bourreaux,
Tu retrouveras dans un Père,
Le Roi, le Sage, le Héros.

Que l'Europe entière applaudisse
Aux cris de tes libérateurs !
Que par-tout le crime frémisse
Et reconnoisse ses vainqueurs !
Penſe-t-il que notre courage
Succombe à des revers nouveaux ?

Tout François qui, dans son naufrage,
Meurt pour ſon Roi, meurt en Héros.

Être infini, Dieu de nos Pères,
Relève par nous tes autels,
Et reçois d'un peuple de frères,
L'hommage et les vœux solennels.
D'un affreux torrent sur la terre
Ta vengeance a versé les flots.
Tout périt... Mais ton sanctuaire
Est toujours au cœur des Héros.

PAR M. DE TEZMONVILLE,
Chasseur Noble, Comp.[e] N.° 16.

ARISTÉE.

TRADUCTION

De l'Épisode tiré des Géorgiques de Virgile (1).

ARISTÉE, en fuyant les rives du Pénée,
De son essaim chéri pleuroit la destinée.
Un mal contagieux, la disette et la faim
Avoient tout fait périr.... Inquiet, incertain,

(1) Ceux qui ont lu les Géorgiques de M. l'Abbé Delille, qui jouissent d'une réputation si bien méritée, s'étonneront peut-être qu'on ait osé de nouveau entreprendre la Traduction de cet Épisode. Mais l'Auteur n'a point été excité à ce travail par la folle ambition de rivaliser un Littérateur d'un talent si distingué. Charmant les ennuis de son exil par la lecture de Virgile, il n'a eu en vue que d'essayer ses forces en faisant passer dans la Langue Françoise les beautés d'un morceau qui est regardé par les connoisseurs comme le chef-d'œuvre du plus grand des Poëtes, et qui offre les tableaux les plus ravissans. D'ailleurs, au moment où l'Auteur

Vers la source du fleuve, il arrive, il s'arrête;
Et là, de ses chagrins sa voix est l'interprète.
« Vous qui régnez, dit-il, dans ces gouffres profonds
» Que forment sous les eaux des abîmes sans fonds,
» Qui vous a pu changer? O Cyrène! ô ma mere!
» Dois-je croire en effet qu'Apollon soit mon père?
» Votre fils, dites-vous, doit partager les Cieux;
» Et vous m'avez conçu dans le courroux des Dieux!
» Non, ne me vantez plus ma céleste origine,
» Ces honneurs qu'aux mortels le sort même destine,
» Ces objets de mes soins, ce prix de mes travaux,
» Les bois que j'ai plantés, mes fruits et mes troupeaux,
» Je perds tout à la fois, et vous êtes ma mere!
» Achevez: que vos mains me déclarent la guerre;
» Détruisez mes moissons, mes vignes, mes forêts.
» Au milieu de mes champs, sous mes ombrages frais,
» Osez porter vous-même et le fer et la flamme,
» Puisque ma gloire enfin ne touche plus votre ame. »

---

a entrepris cette Traduction dans le seul dessein d'occuper ses loisirs, il n'avoit jamais eu aucune connoissance des Géorgiques de M. l'abbé Delille. Émigré depuis six ans il ne lui avoit jamais été possible de se procurer ni cet ouvrage ni aucune autre production des heureux temps de la Littérature Françoise.

Il dit, et sous les eaux, ses accens entendus
Jusqu'au cœur de sa mère enfin sont parvenus.
Ses Nymphes autour d'elle à leurs travaux livrées,
Filoient dans leurs loisirs, des toisons azurées.
Sur les lys de leurs cous mollement inclinés,
Leurs longs cheveux épars flottoient abandonnés.
Là brilloient Cymodoce, et Thalie et Nézée,
Cydippe que l'Amour n'a jamais embrasée,
Opis qui d'être mère a senti la douceur.
Filles de l'Océan, Béroée et sa sœur,
Avec un doux orgueil voyoient sur leurs ceintures
L'or rehausser l'éclat des plus riches peintures.
Aréthuse, si vive en parcourant les bois,
Pour un travail plus doux a quitté son carquois,
Et l'aimable Clymène, assise au milieu d'elles,
Leur racontoit des Dieux les amours peu fidelles;
Les soucis de Vulcain, son impuissant courroux
Et les ruses de Mars et ses larcins si doux.

De ces récits charmans les Nymphes occupées,
Pour la seconde fois, furent toutes frappées
Des plaintes d'Aristée et de ses longs sanglots.
Aréthuse soudain s'élève sur les flots;
Elle voit et s'écrie: « O ma sœur! ô Cyrène,
» De votre juste effroi la cause est trop certaine!
» Aristée!... oui, ce fils si cher à votre amour,

» Baigne de pleurs les bords qui l'ont vu mettre au
jour.
» Il gémit, vous accuse et vous nomme cruelle.

Cyrène entend sa sœur; une frayeur nouvelle
S'empare de ses sens : « Guidez-le vers ces lieux,
» Qu'il vienne ! Il peut entrer dans le Palais des
Dieux ! »
Elle dit et commande à l'onde épouvantée
De s'ouvrir à l'instant sous les pas d'Aristée.
Le fleuve se retire, et ses flots entassés
Comme des monts altiers, l'un sur l'autre pressés,
Demeurent dans les airs, suspendus sur la plage.
Aristée y descend, il franchit le passage ;
Il parcourt cet empire humide et souterrain ;
Il voit ces lacs profonds enfermés dans son sein,
Le palais de sa mère et ses grottes brillantes.
Le mouvement des eaux, leurs vagues écumantes,
Ces fleuves sous la terre errans de tous côtés,
Le bruit de leurs roseaux par les vents agités,
Tout l'étonne; ses sens sont ravis en extase.
Il voit couler ici le Lycus et le Phase ;
Là, c'est le Caycus; l'Hipanis en grondant
A travers les rochers, roule comme un torrent.
Là mugit l'Enipée en sortant de sa source ;

Plus loin le Tibre s'enfle en dirigeant sa course.
De ses deux cornes d'or, l'Eridan (1) orgueilleux,
Semble se présenter comme un taureau fougueux.
Aucun fleuve rapide, en tombant des montagnes,
Ne traverse en son cours de plus riches campagnes,
Et ne roule plus vîte au vaste sein des mers.

Cyrène cependant apprend tous les revers
Qui du triste Aristée ont excité les plaintes.
A peine parvenu dans ces belles enceintes
Où pendent en festons des cristaux éclatans,
Les nymphes ont pour lui les soins les plus touchans;
Les unes sur ses mains versent une onde pure;
D'autres, de fruits exquis, présens de la nature;
Chargent des tables d'or, et des dons de Bacchus,
Dans des vases brillans, les flots sont répandus.
Sur les autels des Dieux l'encens fume, et Cyrène,
S'adressant à son fils : « Calme une frayeur vaine,
Dit-elle, et dans ce jour auguste et solennel,
Implorons l'Océan, auteur universel.
Que nos libations nous le rendent propice.

---

(1) L'Eridan, aujourd'hui le Pô, qui se décharge dans la Mer Adriatique; Virgile le représente comme un Taureau avec deux cornes d'or, parce qu'il se divise en deux branches.

Elle invoque, à ces mots, sa vertu productrice;
Et les Nymphes ses sœurs qui régnant à la fois,
Se partagent l'empire et des eaux et des bois.
Trois fois elle a versé la liqueur pétillante,
Et trois fois, sous ses mains, une flamme ondoyante
Perce un nuage épais et monte vers les Cieux.
Rassurée aussi-tôt par ce présage heureux,
« Il est un demi-Dieu, dont Nérée et nous même;
» Dit-elle, respectons la science suprême.
» Il connoît le passé, le présent, l'avenir.
» Le sort, jusqu'à ce jour, l'a semblé retenir
» Sur les mers dont les flots baignent la Carpathie.
» Il revoit maintenant les ports de l'Emathie.
» Par des monstres marins, son char qui fend les airs,
» Est traîné sur les flots et sillonne les mers;
» C'est Protée, il sait tout; car il plut à Neptune,
» Au-delà de ses vœux, d'élever sa fortune,
» Pour prix des soins qu'il donne à ces pesans troupeaux
» De monstres effrayans qui paissent sous les eaux;
» C'est lui qui révélant d'heureuses découvertes,
» T'apprendra les moyens de réparer tes pertes.
» Mon fils, mais par tes pleurs ne crois pas arracher
» Ces secrets qu'en son sein il se plaît à cacher.
» En vain emploieroit-on et la ruse et la feinte,

» Il faut, pour le soumettre, employer la contrainte;
» C'est peu de le presser, il le faut enchaîner.
» Moi-même devant lui je prétends t'emmener.
» Lorsqu'embrasant les airs, du haut de sa carrière,
» Le soleil versera des torrens de lumière,
» Quand l'herbe aura perdu son humide fraîcheur,
» Dans ces momens enfin, où contre la chaleur
» Les troupeaux vont chercher un abri sous les ombres,
» Nous irons le surprendre en ces demeures sombres;
» Où cherchant le repos, par le sommeil vaincu,
» Il succombe et s'endort dans son antre étendu.
» Mais à peine enchaîné pour fuir tes mains tremblantes,
» Il prendra devant toi des formes effrayantes.
» Tu le verras tantôt en tigre transformé,
» Tantôt en sanglier de carnage affamé;
» Louve, imiter les cris des louves rugissantes,
» Et dragon, se couvrir d'écailles jaunissantes;
» En un feu pétillant il saura se changer;
» Il croira de ses fers enfin se dégager,
» En coulant sous tes yeux comme un fleuve rapide;
» Oppose à ses efforts un courage intrépide.
» Plus, pour nous échapper, il prendra de moyens,
» Plus il faudra, mon fils, resserrer ses liens,

» Jusqu'à ce que cédant une victoire entière,
» Il reprenne ses traits et sa forme première. »

Sur son fils, à ces mots, la Nymphe répandit
Une pure ambroisie, et soudain il sentit
Dans ses membres saisis d'une fraîcheur nouvelle,
Une douce vigueur se répandre avec elle.
Ses cheveux imprégnés de parfums enchanteurs,
Exhaloient dans les airs leurs suaves odeurs.

Aux pieds d'un mont miné, par la mer courroucée,
Dans ses flancs ténébreux, d'où l'onde repoussée
Revient sur elle-même en divisant ses flots;
Lieux qui jadis offroient un port aux matelots,
Est un antre profond où s'enferme Protée.
Là, Cyrène avec soin place à l'ombre Aristée;
Elle-même s'éloigne, et, sans quitter ces lieux,
Dans un nuage obscur se dérobe à ses yeux.

La canicule alors, sous la voûte éthérée,
Répandant ses fureurs, brûloit l'Inde altérée;
Au milieu de son cours, le soleil dans les airs,
De ses feux dévorans absorboit l'univers.
Les herbes périssoient, et jusque dans leurs sources;

Les fleuves desséchés rallentissant leurs courses;
Se perdoient à travers un limon embrasé.
Protée en ces momens, de fatigue épuisé,
Retournoit dans son antre; autour de lui sans cesse
Ses monstres sous les eaux bondissoient d'allégresse;
Leurs bonds faisoient au loin jaillir les flots amers
En rosée aussi-tôt dispersés dans les airs.
Tous ses monstres enfin, rendus sur le rivage,
Pesamment étendus, s'endorment sur la plage;
Et lui, tel qu'un pasteur, qui, du sein des côteaux;
Sur le soir au bercail ramène ses troupeaux,
Craignant pour eux les loups qui s'approchent dans
l'ombre,
Il s'assied sur un roc, pour observer leur nombre.

Le moment favorable est à peine arrivé,
Le vieillard dans son antre à peine a retrouvé
Ce repos qui succède à sa sollicitude;
Aristée observoit avec inquiétude,
Il pousse un cri, s'élance, et le met dans ses fers.
Protée alors, fécond en prodiges divers,
Tour-à-tour se transforme en flamme pétillante,
En un fleuve rapide, en bête rugissante.
Mais n'espérant plus rien de son art imposteur,
Il redevient lui-même et parle à son vainqueur.

Qui t'a pu conseiller, ô jeune téméraire,
D'oser ainsi troubler mon antre solitaire ?
Parle, que me veux-tu ? . . . Vous le savez assez,
Lui répond Aristée, et vous-même cessez
De vouloir nous tromper, vous qui ne pouvez l'être.
Touchés de mes revers, les Dieux m'ont fait connoître
Que les destins par vous me seroient révélés.
De Protée, à ces mots, les esprits sont troublés,
Ses yeux avec fureur roulent sous sa paupière,
Et c'est en rugissant que sa bouche profère
Ces mots qui des destins dévoilent les secrets.

« Tels sont des Dieux vengeurs les terribles décrets.
» Qui commit un grand crime, en doit porter la peine.
» Tremble, si les destins ne désarment leur haine.
» Le malheureux Orphée, à ta perte excité,
» Suscite contre toi leur pouvoir irrité.
» C'est lui qui te poursuit, et sa fureur jalouse
» N'aspire qu'à venger la mort de son épouse.
» Quand tu la poursuivois, lorsque pleine d'effroi
» Elle alloit mettre encore un fleuve entr'elle et toi,
» Son heure étoit venue; égarée et craintive,
» Elle n'apperçut point sur la fatale rive,

» Un

» Un horrible serpent qui rampoit sous ses pas.
» Les Dryades en chœur, au bruit de son trépas,
» De leurs gémissemens remplirent les montagnes;
» Les échos les portoient au loin dans les campagnes;
» Les hauteurs de Rhodope et celles de Rhésus
» Retentirent sur-tout de leurs cris superflus.
» Errant dans les déserts, et seul avec lui-même,
» Son époux succomboit à sa douleur extrême.
» Pour charmer ses ennuis, sa lyre sous ses doigts;
» Soupiroit les accens de sa mourante voix.
» Sa voix qui t'appelloit au lever de l'aurore,
» Tendre épouse, à la nuit te demandoit encore. »

Enfin dans les enfers il résolut d'entrer;
Des gouffres du Ténare il osa pénétrer
Dans ces forêts où régne une horreur ténébreuse.
Il vit le Dieu des morts dans sa demeure affreuse,
Et les mânes errans autour de son palais,
Et ces cœurs endurcis qu'on ne fléchit jamais.
L'Erèbe fut ému; sur ces fatales rives,
Les phantômes légers, les ombres fugitives
S'assemblèrent en foule aux accens de sa voix.
Tels on voit par milliers, arriver dans les bois,
Les oiseaux que les vents repoussent des montagnes.
On voyoit accourir les époux, leurs compagnes,

Les Héros dont les noms sont à jamais fameux ;
Les mères, les enfans, les phantômes nombreux
De ces jeunes mortels et de ces jeunes filles
Qu'on mit sur leurs bûchers, aux yeux de leurs
familles,
Tous par un même sort ensemble retenus
Sur ces bords effrayans qu'on ne repasse plus,
Où toujours la mort veille et rit de nos prières ;
Que renferme le Styx entre ses neuf barrières,
Et que de ses marais, de ses roseaux affreux
Environne par-tout le Cocyte fangeux.

Émus aux chants d'Orphée, enfin ils s'ébranlèrent.
Les Euménides même à sa voix se troublèrent.
Leurs serpens suspendoient leurs affreux sifflemens.
Sur sa roue immobile, oubliant ses tourmens,
Ixion soupiroit, et d'un air moins farouche,
Cerbère, en l'écoutant, ouvroit sa triple bouche.

Cependant Eurydice, arrachée aux enfers,
Alloit enfin revoir la région des airs.
D'une douce lumière alors environnée,
Au grand jour par dégrés elle étoit ramenée ;
Elle suivoit de loin son époux éperdu,

La dure Proserpine ainsi l'avoit voulu.
Elle avoit imposé cette loi trop cruelle.
L'amour même égara l'amant le plus fidelle !
Trop pardonnable erreur, si l'enfer pardonnoit!
Il ne put contenir l'ardeur qui l'entraînoit.
Doutant de son bonheur, plein d'amour et de joie,
Il regarde ! . . . et l'enfer redemande sa proie !
Et de tant de travaux tout le fruit est perdu !
Un cri sourd dans l'Averne est trois fois entendu !
« Qu'as-tu fait, malheureux? Entends-tu, lui dit-elle,
» Dans la profonde nuit, la mort qui me rappelle?
» Hélas ! j'étends vers toi mes défaillantes mains ;
» Et je te suis ravie! et mes yeux presque éteints
» Sous un nuage épais t'apperçoivent à peine!
» Adieu, trop cher époux. . . . » A sa vue incertaine
Elle semble à ces mots se dérober et fuir,
Ainsi qu'une vapeur qu'on voit s'évanouir.
Il vouloit lui parler ! . . . Il avoit tant à dire !
Il n'embrasse qu'une ombre et son cœur se déchire !
Il veut encore tenter de voir les sombres bords ;
L'inflexible Caron repousse ses efforts.
Où porter sa douleur? que devenir? que faire?
Il a deux fois perdu cette épouse si chère!
Quelles divinités plaindront son triste sort?
Comment les attendrir? comment fléchir la mort?

Déjà froide et livrée à la barque fatale
Eurydice arrivoit sur la rive infernale.

Pendant sept mois entiers, il sécha dans les pleurs.
Sur les bords du Strymon (1) témoin de ses douleurs
Il avoit pour asile, une roche déserte.
Dans ces froids souterrains, il déploroit sa perte.
On voyoit à sa voix, les forêts s'agiter ;
Les tigres se calmoient et venoient l'écouter.

Telle pendant le nuit Philomèle déplore
Le sort de ses petits qui trop foibles encore
Sont tombés sous la main qui les vint arracher
Du nid où son amour se plut à les cacher.
Elle pleure et gémit sous le feuillage sombre
Ses lamentables cris se prolongent dans l'ombre ;
Tel gémissoit Orphée, insensible à l'amour,
Dédaignant l'hyménée et détestant le jour.
Toujours seul il erroit dans ces vastes contrées
Qu'entourent les glaçons des mers hyperborées.
Les neiges du Riphée où s'imprimoient ses pas,
Les bords du Tanaïs tout couverts de frimats,

---

(1) Fleuve de la Thrace.

Le revoyoient toujours pleurant son Eurydice
Accusant de Pluton la cruelle injustice
Ses dons empoisonnés et ses vaines faveurs.

Tant de mépris enfin aigrirent les fureurs
Des femmes de la Thrace ou plutôt des Bacchantes;
La nuit dans une orgie, on vit leurs mains sanglantes
Disperser dans les champs, ses membres déchirés.
Sa tête dont les traits étoient décolorés
Arrachée à son col, à l'Èbre abandonnée
Rouloit rapidement par les flots entraînée.
Mais ses lèvres encor qu'on voyoit s'entrouvrir
Appelloient Eurydice à son dernier soupir ;
Et du fleuve effrayé de son cruel supplice,
» Les rives répétoient ; Eurydice! Eurydice ! »

Ainsi parle Protée, et plus prompt que l'éclair
Il se jette aussi-tôt dans la profonde mer.
Sur l'abîme entr'ouvert par sa chute subite
La vague en tourbillon, roule et se précipite.
Cyrène alors paroît et rassure son fils.
Espère, lui dit-elle et calme tes esprits;
Je sais quels sont les Dieux armés pour ton supplice.
Les Nymphes que suivoit la fidelle Eurydice

Lorsqu'en chœur, dans les bois, elles portoient leurs pas,
Sur tes nombreux essaims ont vengé son trepas.
Demande-leur la paix ; les faciles Nappées
De tes hommages purs et de tes pleurs frappées,
Se laisseront fléchir et sauront pardonner ;
Suis sur-tout les conseils que je vais te donner :
« Sur les monts du Licée, il faut que tu choisisses
» Quatre jeunes taureaux, avec quatre genisses
» Dont l'orgueil sous le joug n'ait point encor plié.
» Elève près du temple aux Nymphes dédié,
» Quatre autels, garans sûrs de tes vœux legitimes ;
» Fais y couler le sang de toutes ces victimes
» Et qu'en un bois épais leurs corps soient apportés.
» Quand la brillante aurore à nos yeux enchantés
» Aura neuf fois rendu la vie à la nature,
» Fais à l'ombre d'Orphée, oublier son injure ;
» Offre une brebis noire à ses manes errans.
» Par de nouveaux honneurs, et par d'autres présens,
» Tu pourras à son tour appaiser Eurydice ;
» A son ombre plaintive, immole une genisse.
» Tu reverras après les sentiers ombragés
» Où l'on aura traîné tes taureaux égorgés. »

Aristée, attentif et plein d'impatience
Des Nymphes aussi-tôt vient calmer la vengeance,

Leur temple retentit de ses vœux solennels
Et le sang des taureaux coule sur les autels.
Orphée est appaisé par des honneurs funèbres ;
Et quand neuf fois l'aurore eut chassé les ténèbres,
Il revint dans le bois où des taureaux sanglans
On avoit déposé les cadavres fumans :
Il arrive, il entend !... o soudaines merveilles !
Dans leur livide sein bourdonner des abeilles.
Il les voit s'échapper de leurs flancs entr'ouverts.
Une immense nuée obscurcissant les airs,
Paroît au même instant s'alonger et s'étendre.
Dans la forêt bientôt on les voit se répandre ;
Et ces nombreux essaims, sous les arbres touffus
Restent sur leurs rameaux en grappe suspendus.

Par M. DE TEZMONVILLE,
Chasseur Noble, Comp.^{e} N.º 16.

APOTHÉOSE

DU MANTEAU DE M. DE PELPORT,

Membre de notre Société Littéraire.

LORSQUE cédant au cri de la nature, (1)
Pelport en de lointains climats
S'apprêtoit à porter ses pas,
De la Cour de Phœbus en cette conjoncture
Peignez vous, s'il se peut, le trouble et les douleurs;
La paupière humide de pleurs,
Hélas! s'écrioit Melpomène,
Il nous fuit cet Auteur aimable, ingénieux;
Il part; aux bords de l'Hippocrène
Son luth divin, harmonieux
Qui l'égaloit au chantre de Corinne,
Ne modulera plus ces vers;
Qui de la perte de Racine

(1) M. le Chevalier de Pelport partoit pour aller à Philadelphie près de sa sœur.

Auroient consolé l'univers.
Il part, l'ingrat; il me délaisse :
Hélas! un cruël abandon
Est le seul prix des soins que j'eus de sa jeunesse :
Il m'abandonne! ô ciel, moi qui sur l'Hélicon,
Et sur les rives du Permesse
Présentois à ses mains les plus brillantes fleurs,
Moi qui sentois pour lui la plus vive tendresse
Et lui prodiguois mes faveurs.
Rassure-toi, lui dit Thalie,
Rassure-toi, ma tendre soeur;
Ne crains pas que Pelport t'oublie,
Ce seroit outrager son cœur;
Mais abandonne, je te prie,
Le ton plaintif de l'élégie :
Ce ton, tu le sais bien, n'est pas de mon humeur.
En quittant ces beaux lieux ton élève te laisse
Comme un gage de sa tendsesse,
Son chef-d'œuvre nouveau (1)

---

(1) M. de Pelport a fait un Poëme sur la défense de Maëstricht par MM. les Gentilshommes François en 1793. Il nous en avoit laissé une copie lorsqu'il partit pour Philadelphie; mais les événemens de la Campagne nous ont fait perdre ce manuscrit, et privent le Public d'une piéce vraiment digne d'arrêter ses regards.

Enveloppé dans son manteau.
Dans les archives du Parnasse
Le poëme aisément pourra trouver sa place :
Cela ne m'inquiète pas ;
Mais le manteau, qu'en faut-il faire ?
A la voracité des rats,
Faut-il abandonner une pièce si chère ?
Ce procédé seroit déshonorant.
Il faut, si tu m'en crois, aller trouver mon frère ;
Et le prier d'assembler à l'instant
Un conseil extraordinaire,
Où nous pourrons plus mûrement
Discuter et peser cette importante affaire ;
Si-tôt dit, si-tôt fait; Apollon en riant
Applaudit à la fantaisie,
De la badine et folâtre Thalie :
Il sera, dit-il, très-plaisant
De voir le manteau d'un Poëte,
Occuper nos loisirs ;
Je souscris donc à vos désirs ;
Ma sœur, vous serez satisfaite.
Par son ordre, dans un moment,
S'assemble en son appartement,
Le Sénat babillard des neuf doctes Pucelles.
Du manteau de Pelport, la première d'entr'elles,

Celle qui fait frémir les cœurs ;
Par ses transports, et ses fureurs ;
Melpomène veut faire un voile.
Ma sœur, dit Erato, pour essuyer vos pleurs,
Il vous faut de plus fine toile ;
Faites-en venir du Brabant,
Ou, si mieux l'aimez, d'Angleterre ;
Quant à moi, de ce vêtement
Je prétends faire un corset de bergère.
Cette étoffe, ma sœur, me paroît bien grossière
Pour renfermer vos innocens appas,
Reprit la céleste Uranie :
Cédez-le moi, je vous en prie,
J'en veux faire un étui pour serrer mes compas.
La Muse de la Danse,
Veut du manteau faire un tapis,
Et prétend que tous ceux qui s'y seront assis,
Ne marcheront plus qu'en cadence.
Non pas, lui dit Clio, d'un illustre guerrier,
Du vainqueur de Berstheim (1) je veux à la mémoire
Transmettre les hauts faits, les vertus et la gloire,

---

(1) Les 2 & 8 Octobre Mgr. le Prince de Condé, à la tête des Gentilshommes de son armée, battit les Patriotes trois fois supérieurs en nombre.

Et pour écrire son histoire ;
Je veux de ces chiffons qu'on fasse du papier.
Moi, dit celle de l'Eloquence,
Je ne veux du manteau changer que la couleur ;
La pourpre est dûe à l'Orateur,
Qui du torrent de la licence
Essayant d'arrêter le cours,
Fit par ses sublimes discours
Pâlir les tyrans de la France.
Or, si de ce manteau qui divise en ce jour
Et le Parnasse, et l'Olympe et la Cour,
Vous voulez rehausser le prix inestimable,
Il faut en décorer mon plus cher favori :
Il doit de notre amour être un gage honorable ;
Il appartient, vous dis-je, à l'illustre Mauri.

La noble et docte Polymnie
Voudroit le donner au Sellier :
Pour l'honneur de sa poésie,
Il est vraiment honteux, dit-elle, qu'un coursier
Qui porte les nœuf Sœurs en trousse,
Et leurs favoris quelquefois,
A son harnois n'ait point encore de housse ;
A cet avis, mes Sœurs, vous souscrirez, je crois :
Soit par caprice, ou par insouciance,
Euterpe gardoit le silence ;

(La musique souvent dérange la raison)
Parlez, ma Sœur, dit Apollon:
Lors, pour marquer sa déférence
Au Dieu qui régit l'Hélicon,
Puisque l'on veut, dit-elle, que j'opine,
Il faut que du manteau l'on fasse une sourdine;
Par-là les sons rauques et discordans,
Des Musiciens du vieux temps
Ne fatiguant plus les oreilles,
Sur le fatras des chanteurs aux abois;
Qu'un peuple d'ignorans appelloit des merveilles;
Le bon goût reprendra ses droits.
Et moi, dit la vive Thalie,
D'un air tout à la fois et comique et malin;
J'en fais un habit d'arlequin;
Et pour jouer la comédie,
J'en ferai présent à Momus.
Vous vous trompez, mes Sœurs, leur dit alors Phœbus,
Le manteau du jeune poëte
Doit jouir d'un destin aussi brillant qu'heureux,
Et je le place dans les Cieux
En le transformant en planète.

Par M. DE G... Chasseur Noble,
Comp.e N.o 17.

ODE

SUR l'avénement de LOUIS XVIII au Trône de France; et sur sa Proclamation au Camp de Stein-Stadt, le 6 Juin 1796, par l'Armée de S. A. S. Mgr. le Prince DE CONDÉ.

COURONNÉ de cyprès funèbres,
LOUIS avoit fini ses jours :
Pour les François dans les ténèbres
Phœbus sembloit fixer son cours :
Au souvenir de la victime,
Lachésis, pâle de son crime,
Abandonnoit ses noirs fuseaux;
Sa sœur, de remords frémissante,
Loin de sa main encor sanglante
Repoussoit les fatals ciseaux.

Filles du Styx, Parques terribles;
Quel monstre d'un nouvel airain,
Pour déchirer nos cœurs sensibles,
Vient environner votre sein?

Devant vous, ô Sœurs redoutables,
Les vertus les plus estimables
N'ont plus de pouvoirs ni d'attraits;
Les Graces perdent tous leurs charmes;
Les Amours se baignent de larmes;
Les Ris, les Jeux brisent leurs traits.

L'éclair dissipé dans la nue
Calmoit à peine notre effroi;
A peine la France éperdue
Sembloit renaître avec son Roi:
Long-temps jouet de la tempête,
Le guerrier, pour orner sa tête,
A ses lauriers mêloit des fleurs;
Lorsque du profond des abîmes
L'enfer déchaîne tous les crimes,
Et vomit ses feux destructeurs.

O discorde! ô sombre furie!
Pourquoi ce fer et ces flambeaux?
Arrête... Ah! loin de ma patrie;
Entraîne ces cruels bourreaux!....
Leur oreille est sourde à la plainte;
D'une écume sanglante teinte,

Leur bouche vomit la fureur !
Leurs regards qu'allume la rage ;
Leurs bras qu'endurcit le carnage,
Ont glacé mes sens de terreur !

Vastes forêts de l'Hyrcanie ;
Rochers affreux, déserts brûlans ;
Antres où le tigre en furie
Règne sur des monts d'ossemens ;
Pourquoi, sur nos rives fertiles,
Rejeter vos cruels reptiles,
Présens funestes du destin? . . . .
Que dis-je? ô malheureuse France,
Toi seule donnas la naissance
Aux hydres qui rongent ton sein !

Lorsque le cèdre, dans l'orage,
Succombe malgré son effort,
La fleur qu'abritoit son feuillage,
Devient compagne de son sort :
Déjà l'Aquilon insensible
A brisé sa tige flexible,
Malgré les pleurs de son amant :
Ses feuilles tombent sur l'arène ;

Mais

Mais le Zéphyr, de son haleine,
Les soutient encor mollement.

Ainsi, sur les pas de ton ombre,
O trop infortuné LOUIS!
L'horrible mort, d'un crêpe sombre,
Voile ton Épouse et ton Fils!...
Ainsi vos cendres vénérées
Dans le sein des urnes sacrées
Semblent fuir le sceptre imposteur;
Mais, pour rester sous votre empire,
Chaque bon François qui respire,
Dans vos tombeaux porte son cœur!...

Quel son guerrier frappe la nue,
Au milieu de ces murs d'airain?...
Quel transport dans mon ame émue!
Quel feu circule dans mon sein!
Les Nymphes du Rhin étonnées,
Hors de leurs grottes entraînées,
Ne songent plus à leurs attraits;
Et, sur la cime des montagnes,
Diane et ses jeunes Compagnes
Sur l'arc ont suspendu leurs traits.

Quelles sont ces cohortes fières
Dont les élans vont jusqu'aux Cieux?
La Croix, les Lys de leurs bannières
De l'Univers fixent les yeux :
On croit voir ces nobles Armées,
Qui, de triomphes enivrées,
Arrachoient les faveurs de Mars,
Lorsque les rayons de la gloire,
Ou les palmes de la victoire
Venoient s'offrir à leurs regards.

Ce sont des Guerriers magnanimes;
Vengeurs du Trône et des Autels;
Ces Chevaliers, terreur des crimes,
Que le malheur rend immortels :
Sur les traces de la vaillance,
De Condé, l'Alcide de France,
De Mars ils bravent la fureur;
Ils donnent les fleurs d'Idalie,
Et tous les charmes de la vie,
Pour un sourire de l'honneur.

Que sur des tables éternelles
On conserve pour l'avenir,

Le nom de ces Héros fidelles,
Que l'honneur fit naître et mourir ! . . .
Malgré le burin de l'Histoire,
Nos fils auront peine à le croire,
Ils se diront plus d'une fois :
Quels furent ces Preux invincibles,
Qui, proscrits, et non moins terribles,
Dans l'exil proclamoient les Rois ?

Lorsque l'Orient se colore,
On voit fuir les sombres vapeurs :
On voit, au regard de l'Aurore,
Eclore les plus tendres fleurs :
Sous les pavots ensevelie,
La terre retrouve la vie,
Devant le Soleil éclatant :
Est-il au bout de sa carrière,
Nous refuse-t-il sa lumière,
Je vois l'image du néant.

Ainsi le François, loin du Trône,
Voit la douleur et le tombeau :
Loin du Monarque, la couronne
N'est, hélas ! qu'un fatal bandeau ! . . .

Ainsi, loin du pilote sage,
Le vaisseau, battu par l'orage,
S'entr'ouvre dans le sein des mers;
Prend-il le timon du navire,
On voit le matelot sourire
Au feu livide des éclairs.

Pour ranimer mon espérance;
Un cri s'élance jusqu'à moi:
Quel cri! c'est le vœu de la France;
O Cieux! rendez-nous notre Roi!...
Rassurez-vous, mères sensibles,
LOUIS vient: ses guerriers terribles
Brisent leurs glaives triomphans.
Il a dit; ému par vos larmes,
Un père a-t-il recours aux armes
Pour régner parmi ses enfans!

Par M. LE CH.er DE QUERELLES,
Chasseur noble, Comp.e N.o 7.

HYMNE

Sur la délivrance de MADAME ROYALE Fille de LOUIS SEIZE.

O doux momens ! quels transports pleins de charmes,
De nos malheurs ont suspendu le cours !
Dans notre exil, au milieu des alarmes,
Le Ciel encor nous donne d'heureux jours.
(1) Vous, en qui la beauté timide
Trouva des vengeurs tant de fois,
Avec orgueil, sous votre égide,
Revoyez la Fille des Rois.

Depuis ce temps, où de cruels orages
Ont répandu leurs torrens destructeurs,

---

(1) La Noblesse se flattoit alors que Madame Royale seroit remise entre les mains du Roi.

France, jamais de plus heureux présages
N'avoient porté le calme dans les cœurs.
C'est d'un Sage, après tant d'alarmes,
Que tu vas recevoir des lois,
Et le Ciel, pour sécher nos larmes,
Nous rend la Fille de nos Rois.

Cité perfide, où respire le crime;
Tu redoutois la vertu dans les fers;
Hors de ton sein, repoussant la victime,
Tu l'as rendue aux vœux de l'Univers :
Ses malheurs, son rang, sa jeunesse
Vont par-tout rappeler ses droits;
A notre cause, elle intéresse
Les Cieux, les Peuples et les Rois.

Aimable fleur, comme nous, transplantée,
Ressens les feux d'un jour pur et serein;
Tu languissois, par le sort agitée,
Ici, LOUIS veille sur ton destin.
L'Étranger, loin de cette France,
Où tes ayeux donnoient des lois,
Lui-même, ému par ta présence,
Rend hommage au sang de nos Rois.

Lorsque nos bras vengeront la Patrie ;
Viens conquérir tous les cœurs à LOUIS ;
Viens seconder son Epouse chérie ;
C'est à vos soins à cultiver les Lys.
Les fleurs renaîtront sur vos traces ;
Et nous verrons, comme autrefois,
Briller les vertus et les graces
Auprès du trône de nos Rois.

Par M. DE TEZMONVILLE,
Chasseur Noble, Comp.^e N.º 16.

ROMANCE

Sur le départ de Mgr. le Duc DE BOURBON de l'Armée de CONDÉ, pour la Vendée.

VOUS, que l'amour brûloit au sein des ondes,
Nymphes du Rhin, jalouses de son cœur,
Las! gémissez dans vos grottes profondes,
BOURBON vous fuit sur l'aile de l'honneur.
Lorsque le Ciel, au milieu des orages,
Dit aux CONDÉS, de venir en ces lieux,
Gentilles fleurs ornèrent vos rivages;
Palmes, lauriers naquirent sous vos yeux.

Parmi ces fleurs, cyprès mélancoliques,
Lugubres pins vont croître désormais:
En reposant sous leurs rameaux antiques,
Le Voyageur apprendra vos regrets.
Nymphes, pleurez; que votre chevelure
Sans ornemens, flotte au gré des zéphyrs;
Et vous, ruisseaux, que votre doux murmure
Se joigne encor à nos tristes soupirs!

Que dis-je ? ô Ciel ! pourquoi cette souffrance ?
N'est-il donc plus de remède à nos maux ?
Il vaut bien mieux doubler son existence,
Quand on la peut consacrer aux Héros.
Ah ! si Bourbon, environné de gloire,
Sur d'autres bords va combattre pour nous ;
Condé, Berry, d'Enghien, et la Victoire
Restent encor ; Nymphes, rassurez-vous.

Par M. le Ch.er DE QUERELLES ;
Chasseur Noble, Comp.e N.o 7.

CHANT D'UN BARDE.

QUE font ces masses immobiles,
Que mon regard suit dans les airs ?
Que font ces spectateurs tranquilles,
Qui dominent sur l'Univers ?
Allez, volez, sombres nuages,
Phantômes vains, froides vapeurs;
Dans la région des orages
Portez les transports de nos cœurs.

Vastes forêts, grottes profondes;
Animez-vous à mes accens :
Échos muets, paisibles ondes,
Ma voix est le souffle des vents :
Grondez, mugissez sur la rive,
Faites pâlir les matelots;
Que la Néréïde craintive
S'élance du séjour des flots.

Je sens déjà frémir la terre;
Je vois les rapides éclairs

Précéder le bruit du tonnerre
Et sillonner le sein des mers.
Je parle, et les voiles funèbres
Se déchirent sur les tombeaux;
Je veux, et du sein des ténèbres
Je vois fuir l'ombre des Héros.

Mânes sacrés! Preux intrépides,
Au souvenir de vos lauriers,
Nos Soldats, légions d'Alcides,
Prennent leurs glaives meurtriers.
Devant ces enfans de Bellone
Les monstres tombent languissans,
Comme les feuilles dans l'Automne
Devant le souffle des autans.

Après l'horreur de la tempête,
J'ai vu Phœbus, au haut des airs,
De rayons d'or parer sa tête,
Et d'un regard calmer les mers;
Tandis qu'épars sur le rivage,
Les rameaux odoriférans,
Tristes victimes de l'orage,
De leurs parfums, charmoient mes sens.

Ainsi, lorsque Mars aiguillonne
Le flanc des rapides coursiers,
Et qu'aux champs de Thrace il moissonne
L'élite des vaillans Guerriers,
Je vois leurs ombres fortunées
S'élancer au séjour des Cieux,
Et sur les mobiles nuées
S'enivrer du bonheur des Dieux.

Par M. le Ch.er DE QUERELLES,
Chasseur Noble, Comp.e N.o 7.

VERS ALLÉGORIQUES

A M. le Colonel Baron DE BŒCKLIN, qui avoit accueilli notre Société Littéraire dans son Château de Rusth en Brisgaw.

QUAND notre illustre Académie
Brilloit d'un éclat tout nouveau,
Malgré la fortune ennemie,
Où croit-on qu'elle eut son berceau?
Etoit-ce en un brillant château ?
Eh ! non ! . . . c'étoit dans la chaumière
De quelques rustres Allemans
Dont la simplicité grossière
S'offusquoit de nos passe-temps.
Oui, c'étoit là que du génie (1)
Se conservoit le pur flambeau.
Dès long-temps la démagogie,

(1) A force d'afficher des prétentions nous croyons assez prouver que nous n'en avons aucune.

D'amertume et de fiel nourrie,
Avoit su mettre de niveau,
Les gens de bien et la canaille;
Et les favoris de Phœbus,
Étoient, comme ceux de Plutus,
Réduits à coucher sur la paille.
Ce n'est point dans un tel état,
Qu'on excita jamais l'envie,
Sans doute, ce n'est point l'éclat,
Qui fait le bonheur de la vie;
Mais il est affreux de songer,
Qu'un ver funeste vient ronger
L'arbre chéri, qui jeune encore,
Nous donnoit des fruits précieux.
Une plante attriste nos yeux,
Quand l'été brûlant la dévore;
Et peut-on voir, sans s'affliger,
Un triste cyprès ombrager
La tendre fleur qui vient d'éclore?
Qu'un Guerrier, sous ses étendards,
Supporte par fois la misère;
C'est le sort d'un enfant de Mars.
Aux yeux d'une ame noble et fière,
Le froid, le chaud, sont des hasards
Faits pour embellir la carrière.

Mais les Lettres et les Beaux-Arts,
Veulent un séjour plus tranquile;
Et s'ils se trouvent sans asile,
On les voit mourir languissans,
Ainsi que ces oiseaux charmans,
Qui, dans les beaux jours du printems,
Raniment toute la Nature,
Et de qui la triste froidure,
Fait taire les joyeux accens.

De la Troupe aimable et chérie,
Dont les accords mélodieux,
Doivent, en des temps plus heureux,
Instruire et charmer la Patrie;
C'en étoit donc fait pour jamais,
Et le destin le plus funeste,
Alloit étouffer leurs succès;
Quand, du haut de son char céleste,
Le Dieu du Jour, fort à propos
Apperçut l'auguste Assemblée,
De froid transie, et désolée
De renoncer à ses traveaux,
Faute d'une heureuse retraite,
Où, mariant ses doux accords,
Elle pût enfin, satisfaite

D'elle même et de ses efforts,
Faire les délices du Monde;
Et d'une lumière féconde,
Répandre les traits au dehors.
Les talens veulent être ensemble,
Et leur succès est plus certain,
Quand ils se tiennent par la main;
Et qu'un même nœud les rassemble.
Mais il falloit se séparer,
Et peut-être un siècle endurer
l'absence et ses peines cruelles;
Car le bonheur ne peut durer,
Et les peines sont éternelles.
On prétend que les neuf Pucelles,
En les voyant, du haut des Cieux,
Mêler à leurs derniers adieux,
Le vœu de leur rester fidelles,
En avoient les larmes aux yeux.

« Eh! quoi! dit le Dieu du Parnasse,
» Les enfans chéris des neuf Sœurs,
» Mes plus zélés adorateurs,
» Presque réduits à la besace,
» Errans sous un ciel étranger,
» Avec un revenu très-mince,

» N'ont

» N'ont pu trouver un petit Prince
» Qui s'offrît à les protéger.
» Et cependant, j'ose le croire,
» C'étoit une assez belle gloire;
» Ils sont exilés et proscrits:
» Hélas! si j'ai bonne mémoire,
» Ainsi qu'eux, je le fus jadis,
» Mais je trouvai le bon Admète,
» Qui sut occuper mes loisirs,
» Et même, en portant la houlette,
» Je trouvai de nouveaux plaisirs.
» Je voyois alors les Bergères,
» Sourire sans cesse à mes vœux,
» Et les Pastoureaux mes confrères,
» Me cédoient le pas en tous lieux.
» Ils ne sont plus, ces temps prospères,
» Et leurs successeurs, mal appris,
» Chérissant leurs erreurs grossières
» Méconnoissent mes favoris !
» Eh bien! le dessein en est pris;
» Je vais moi-même sur la terre
» Leur trouver encor des amis. »
A ces mots, du char de lumière
Apollon s'élance soudain,
Et vers le sejour de Bœcklin,

Dirige sa course légère.
Pour mieux assurer ses succès,
Comme un Dieu ne voulant paroître,
Il prend la figure et les traits,
D'un Mortel (1) que le Ciel fit naître,
Pour sentir et faire connoître,
Et tout le charme et tout le prix
Des talens aux vertus unis.
Bœcklin, vous l'avez vu vous-même ;
Il sentit un charme suprême,
L'entraîner vers l'heureux séjour,
Où votre ame sensible et pure,
Voit lui sourire tour à tour
Les Arts, l'Amitié, la Nature.
Pour gagner alors votre cœur,
Il n'eut pas grands efforts à faire,
Et vous reçûtes sa prière,
Comme on reçoit une faveur.
Sans doute, il vous est doux de croire;
Que nos cœurs sauront à jamais,
Du plus utile des bienfaits,
Garder et chérir la mémoire.

---

(1) M. du R... Secrétaire de notre Société Littéraire. L'éloge qu'on en fait n'a rien d'outré. Ses rares talens doivent un jour le rendre utile au Roi et cher à la Patrie.

Mais, ce n'est point assez pour nous ;
Bœcklin, d'un souvenir si doux ;
Puissiez-vous trouver l'assurance,
Dans les vers suivans, que pour vous
M'inspira la reconnoissance !
Puissent, au gré de mes désirs,
Ces vers, enfans de mes loisirs,
Placés aux pieds de votre image ;
Être à jamais le témoignage,
De nos voeux et de nos plaisirs.

VERS

Pour mettre au bas du portrait de M. le Baron DE BŒCKLIN.

BŒCKLIN, enfant de Mars, fit briller son courage ;
Bœcklin, favori des nœuf sœurs,
Fit en lui des talens (1) admirer l'assemblage :
Dans sa retraite, c'est un Sage,
qui réunit les Arts, et gagne tous les cœurs.

Par M. DE TEZMONVILLE,
Chasseur Noble, Comp. N.° 16.

---

(1) M. le Colonel Baron de Bœcklin est tout à la fois Guerrier, Poëte et Musicien. Ceux qui le connoissent ne savent ce qu'ils doivent le plus admirer en lui, ou de ses rares talens, ou des qualités de son cœur.

COUPLETS

Présentés à LOUIS XVIII, à son arrivée à l'Armée de CONDÉ.

NÉ pour servir et Vénus et Bellone,
Tout Chevalier, dans les champs de l'Honneur,
En expirant digne soutien du Trône,
Portoit sa Dame et son Roi dans son cœur;
En appelant LOUIS et son Amie,
Larmes d'amour mouilloient ses yeux!
On pouvoit regretter la vie,
Quand on n'existoit que pour eux.

Emblême heureux de l'Arbître suprême,
Qui voit toujours les vertus devant lui,
Tout bon François, auprès d'un Roi qu'il aime,
Retrouve un père, un vengeur, un appui:
A son aspect il n'a plus de souffrance;
Le bonheur agite son sein;
Ainsi, Phœbus, en ta présence,
L'orage fuit, l'air est serein.

Frappons les airs de nos chants d'allégresse,
Louis accourt pour se rendre à nos vœux ;
Que tous les cœurs partagent mon ivresse,
Devant son Roi qui ne seroit heureux ! . . .
A ses côtés la valeur et la gloire
Enflamment le sein des Guerriers,
Et sur les pas de la victoire,
Il trouve un sceptre et des lauriers.

Avant les jours d'une brillante fête,
La jeune Eglé court dans le fond des bois ;
La tendre fleur, qui doit orner sa tête,
Déjà se courbe et tombe sous ses doigts :
Elle rougit en contemplant ses charmes,
Le feu circule dans son cœur ;
Ainsi Louis a vu les armes
Qui doivent le rendre vainqueur.

Braves Soldats, et vous, Preux intrépides ;
Inspirez-moi, guidez mes foibles chants :
Ma voix s'éteint dans ces élans rapides,
Qui du plaisir sont toujours les accens.
Allez, volez au milieu des allarmes,
Semez le remords et l'effroi ;
Le trépas doit avoir des charmes,
Quand on expire pour son Roi !

Et toi, Condé, maître de la victoire ;
Berry, d'Enghien, dans ce jour de bonheur,
Ah! si LOUIS partage votre gloire,
N'enviez pas l'éclat de sa grandeur :
On ne voit pas dans la plaine éthérée,
Les astres jaloux de leurs feux ;
Au sein de la voûte azurée
Il n'est qu'un Soleil à nos yeux.

Par M. le Ch.er DE QUERELLES,
Chasseur Noble, N.° 7.

LE PANACHE

DE HENRI QUATRE.

VERS présentés au ROI, le jour qu'il passa en revue les deux Bataillons de Gentilshommes.

DANS ces lieux enchantés, dans ces rians borquets,
Asiles du bonheur et de la douce paix,
Où la bonté des Dieux, sous d'éternels ombrages,
Couronne les vertus des Héros et des Sages,
HENRI, le grand HENRI, tranquille, mais rêveur,
Des François égarés déploroit le malheur.
Victimes des forfaits d'une secte abhorrée,
L'infortuné LOUIS, son Epouse adorée,
L'auguste Elisabeth entouroient le Héros.
Ce groupe vertueux, dans le sein du repos,
Peuple ingrat et cruel, songeoit à ta misère,
Et regrettoit le bien qu'il ne peut plus te faire.
Sous les mêmes berceaux, le front ceint de lauriers,

Sont placés près des Rois ces généreux Guerriers
Qui perdirent la vie en défendant leur Maître.
Sur l'aile du zéphyr bientôt on voit paroître,
Au milieu de ce groupe une ombre jeune encor,
Qui des êtres heureux vient partager le sort.
Pâle, décolorée . . . une mère sensible
A reconnu son fils. . . Mais, dans ce lieu paisible,
L'ame semble fermée à d'autres sentimens
Qu'à ceux de son bonheur ; pour des êtres aimans,
Quel moment ! quels transports ! quelle volupté pure !
Le sang et l'amitié, l'amour et la nature,
S'unissent à l'envi dans cet heureux séjour ;
Dans leurs bras caressans ils pressent tour à tour,
Ce fruit tendre et chéri d'un hymen plein de charmes.
HENRI lui-même ému laisse couler des larmes ;
Mais bientôt à ses pleurs succède le courroux ;
« Jusques sur un Enfant ils ont porté leurs coups,
» Les scélérats ! dit-il : Crillon, prends ce panache ;
» Au sentier de l'honneur toujours pur et sans tache,
» Il guidoit mes guerriers... Sur le front de mon Fils
» Vas le placer ; joins-y ce glaive, qui des Lys
» Soutint avec éclat les tiges chancelantes.
» De la Religion, de la vertu mourantes,
» Qu'il aille relever le culte et les autels,
» Délivrer ses Sujets de leurs tyrans cruels,

» Combattre, terrasser cette hydre monstrueuse,
» Qui dévaste la France, et dont la bouche affreuse
» Vomit de tous côtés l'épouvante et l'effroi ... »

Il dit : Crillon brûlant d'obéir à son Roi,
Plus léger que les vents, plus prompt que la pensée ;
Franchit l'espace immense, et loin de l'Elysée
Le guerrier de HENRI cherche le Successeur.
Rälliée aux Condés dans le champ de l'honneur,
Il apperçoit au loin une Troupe immortelle,
Fière de ses exploits, plus fière de son zèle,
Et c'est de ce côté qu'il dirige ses pas.
Il arrive à Riegel; déjà sur ces climats
Phœbé réfléchissoit une clarté douteuse ;
Et la nuit commençoit sa course ténébreuse.
LOUIS venoit alors de joindre le Héros (1)
Dont la gloire à Berstheim couronna les travaux.

« Seigneur, dit le Guerrier en s'adressant au Sage ;
» Du triomphe en vos mains je dépose le gage ;
» Ces armes d'un Héros dont vous suivez les pas,
» Vont frayer à vos Preux la route des combats :

---

(1) S. A. S. Mgr. le Prince de Condé.

» Montez, montez au Trône; à l'Europe, à la terre,
» Montrez que la vertu, chez vous héréditaire,
» Sait braver et l'intrigue et le sort rigoureux;
» Il est encore des cœurs fidelles, généreux.
» Dont les revers n'ont point ébranlé la constance,
» Qui sauront des cœurs froids ranimer l'espérance,
» Et de l'honneur éteint rallumer le flambeau.
» Allez donner au monde un spectacle nouveau;
» Partez, Prince... A ces mots, son ombre s'évapore
Comme un léger nuage au lever de l'aurore.
Au souvenir d'un Roi, comme lui vertueux,
Comme lui fugitif, comme lui malheureux,
LOUIS verse des pleurs; son ame est attendrie:
Il jure de venger les maux de sa patrie,
D'anéantir le crime et ses noirs attentats,
De régner par l'amour sur ses vastes Etats;
De faire aimer son Dieu méconnu dans la France,
D'y ramener la paix, le calme, l'abondance;
De rendre heureux enfin ceux qu'il aura vaincus,
Et d'affermir son trône à force de vertus.

Par M. DE G....
Chasseur Noble, Comp.e N.o 5.

COUPLETS

Présentés à S. A. S. Monseigneur le Cardinal Prince LOUIS DE ROHAN, lorsque l'Armée de Condé vint prendre ses cantonnemens dans ses États, au mois de Mars 1796.

MARS récômpense notre zèle;
En nous rappelant aux combats,
C'est dans une France nouvelle
Que lui-même a guidé nos pas;
Rohan règne sur ce rivage (1);
Tout s'y ressent de ses bienfaits.
Il plaint nos maux, il les partage,
Et comme nous il est Français.

Doux Printemps, après tant d'allarmes,
Aux yeux de nos vaillans Guerriers

---

(1) Eteineim en Brisgaw.

Tu reprends ici tous tes charmes ;
Tu promets de nouveaux lauriers.
C'est la présence de leur Maître,
Qui donne à ces lieux tant d'attraits!
Les fleurs pour nous semblent renaître
Sous un ciel où régne un Français.

Dans sa Cour, aujourd'hui l'asile
De la vertu, de la valeur ;
Le plaisir est pur et tranquille ;
La beauté sourit à l'honneur.
Un ancien Preux à sa devise
Croyoit devoir tous ses succès ;
Un seul des regards de LOUISE (1)
Rendroit invincible un Français.

A son Roi Rohan fut fidèle,
Et son peuple apprend, sous ses lois,
A sentir tout le prix du zèle,
Des dignes serviteurs des Rois.
Le Dieu qui donne la victoire,
Par sa bouche entend nos souhaits ;

---

(1) La Princesse Louise-Charlotte de Rohan-Rochefort.

Et sous les drapeaux de la gloire
Ses neveux guident les Français.

Au sang des Rois leur sang s'allie;
Il en est plus cher à nos cœurs.
Il a formé pour la Patrie
Et des Bourbons et des Vengeurs !
ROHAN, ton nom toujours illustre
Devient la terreur des forfaits,
Et donne encore un nouveau lustre
A la gloire du nom Français.

Par M. DE TEZMONVILLE, Chasseur
Noble, Comp. N.° 16.

ÉLÉGIE

Faite au sujet d'un Corbeau qui faisoit au camp de Steinstat les délices de MM. les Chasseurs Nobles, et qui reçut d'un inconnu un coup de fusil dont on le crut mort.

AIMABLE oiseau qui charmois nos loisirs,
Toi, dont la folâtre jeunesse,
Se mêlant à nos jeux, augmentoit nos plaisirs;
Pauvre Colas, que tant de gentillesse
Avoit fait à bon droit chérir,
Hélas! par un coup si funeste
Devois-tu donc si-tôt périr!
Vil instrument que je déteste,
C'est toi, qui de Colas as tranché les destins!
Tu ne connois ni talent ni science!
Oh! qu'à bon droit le plus grand des humains,
Ce Guerrier, à jamais l'idole de la France,
Bayard, ce Chevalier sans reproche et sans peur,
Maudissoit le mortel dont le bras destructeur,

Sut de ces minéraux que la nature sage
Cacha dans des abîmes creux,
Pétrir un feu semblable à la foudre des Dieux;
Et, par un art horrible annullant le courage,
Soumettre au même sort les lâches et les Preux!
O mon pauvre Colas, si la Parque inflexible
Avoit marqué si près le terme de tes jours,
Pourquoi, par un trait moins terrible,
N'en a-t-elle donc pas arrêté l'heureux cours?
Ne valoit-il pas mieux, après mainte caresse,
Comme Vert-Vert de bombons empâté,
Mourir dans une douce ivresse,
Succomber à la volupté!
Elle auroit adouci le funeste passage!
Tu l'aurois moins senti! que dis-je? hélas! j'ai tort:
Élevé dans les camps, guerrier dès ton bas âge,
Tu méritois une honorable mort!
L'autre eût fait honte à ton courage
Et révolté ton esprit belliqueux:
Non non, sans doute, au Perroquet fameux
Tu ne dois point porter envie.
Si tu n'as pas goûté, comme lui, le repos,
Plus d'éclat embellit ta vie!
Il mourut comme un Moine, et tu meurs en Héros;
Et de moins de regrets sa perte fut suivie!

Par M. D. B. D. L. N.

LA RÉSURRECTION DE COLAS

OU

LA RÉPONSE

A l'ÉLÉGIE qui avoit déploré sa mort.

LIVRONS-NOUS à l'allégresse ;
Colas, dont la gentillesse,
Avoit pour nous mille attraits,
De l'inhumaine Déesse,
De cette Parque traîtresse,
N'a point subi les arrêts.
Ce n'est point à sa souplesse,
A ses airs vifs et coquets,
Qu'il doit cet heureux succès ;
Mais au grand Dieu du Permesse ;
Ce Dieu lut sous nos bosquets,
L'élégie enchanteresse,
Qui redisoit nos regrets,
Et de sa délicatesse

Phœbus, jaloux à l'excès,
S'écria : Quelle hardiesse !
On a ravi mes secrets :
Dans ma fureur vengeresse ;
Vainement je tenterois
D'altérer les heureux traits ;
Dont ma vanité se blesse ;
Mais dénaturons les faits.
Si, parmi cette jeunesse,
Colas paroît leste et frais ;
L'air malin, l'œil aux aguets ;
Le récit de sa détresse
Aura bien moins de justesse ;
J'aurai gagné mon procès.
Oiseau, qui des cœurs Français
Cause aujourd'hui la tristesse,
Sors du sommeil qui t'oppresse ;
Sois plus aimé que jamais ;
Et, faisant maints tours d'adresse ;
Dis, pour servir mes projets :
Ces vers, remplis de finesse,
Sont plus elegans que vrais.

Par M. Duc..

ODE

SUR LA MORT DE STOFFLET, Général des Vendéens.

MAGNANIMES Guerriers, que votre voix plaintive
De la mort en tous lieux, fasse entendre les chants;
A vos justes regrets, que la terre attentive,
Réponde à vos accents.

Il n'est plus ce Héros, qui des Français Fidelles
Ranima, le premier, le courage abattu;
Et qui, sans se lasser, aux efforts des rebelles
Opposa sa vertu.

Artisan de sa gloire, il fut son propre ouvrage;
Il ne dut qu'à lui seul son rang et sa grandeur:
Et du destin jaloux, il n'obtint en partage,
Que le jour et son cœur.

Il n'est plus, et l'Europe avec douleur s'écrie:
» Qu'est devenu celui dont le glaive puissant

» Nagueres disputoit aux tigres en furie
» Un Peuple gémissant ? »

Sa mort a satisfait leur rage meurtrière ;
Ils se sont abreuvés de son sang glorieux.
Son corps, percé de coups, traîné sur la poussière ;
A réjoui leurs yeux.

Ils n'ont pu de sa bouche arracher une plainte ;
Leurs traits, sans l'émouvoir, ont déchiré son cœur ;
Et son front, toujours calme, a bravé leur atteinte,
Et trompé leur fureur.

O Ciel ! en admirant tant de vertus sublimes,
Ton bras, pour quelques jours, nous prêta son appui :
Ta justice l'enlève à ce séjour de crimes,
Trop indignes de lui.

Mais, en ôtant au monde un Mortel qui l'honore ;
Veux-tu donc que l'opprobre y règne sans retour ?
Veux-tu donc lui ravir, tout ce qui peut encore
Mériter son amour ?

Quel Héros, désormais, digne de la victoire,
Affranchira du joug tes fidelles humains,

Si tu ne daignes pas en accorder la gloire
A de si pures mains ?

Que dis-je ? Eh ! quel besoin a-t-il de notre zèle ?
Les Empires, soumis à son bras tout-puissant,
Ou rentrent, à sa voix, dans la nuit éternelle,
Ou sortent du néant.

Lorsque sur l'Univers, déchaînant sa vengeance;
A la fureur des flots il livra les Mortels,
Le juste fut sauvé, le juste à sa clémence
Releva des autels.

C'est vous, heureux Français, qu'enflamme un grand exemple,
Qui pouvez aspirer encor à cet honneur;
Vous, de qui l'Univers, d'un œil jaloux, contemple
Le zèle et la valeur.

A vos propres efforts, quand le destin vous livre;
Vous ne connoîtrez point la foiblesse et l'effroi.
Non, vous saurez mourir, comme vous sûtes vivre;
Pour Dieu, pour votre Roi.

Et toi, qui, dans le sein de la Troupe céleste;
Viens enfin d'ajouter la palme à tes lauriers,

Vois, d'un œil attendri, le redoutable reste
De tes braves Guerriers.

Regarde ces Héros, que rien ne peut abattre ;
Pleins d'un nouveau transport, affronter le danger.
Ils ont tout à la fois, et le crime à combattre,
Et ta mort à venger.

Ta mort !... brave Stofflet, elle est digne d'envie ;
N'as-tu pas à l'honneur sacrifié tes jours ?
Un si noble trépas, d'une si belle vie
Devoit finir le cours.

Mais non ; tu vis encor ; achève ton ouvrage ;
Tu respires toujours au milieu des Français.
Remplis-les de ton ame, et qu'enfin leur courage
Efface leurs forfaits.

Viens rallumer en eux, cet amour de leurs Maîtres,
Ce principe si pur des plus grandes vertus.
Que la haine en leur cœur ne soit que pour les traîtres,
Qui les ont corrompus.

Qu'ils apprennent enfin, qu'à ton heure suprême;
Stofflet, tu t'élevas à de nouveaux honneurs;
Que ta cendre est illustre, et que ton Roi lui-même
L'arrose de ses pleurs!

Par M. DE B.. DE LA N...
Chasseur Noble, Comp.e N.o 16.

LA MORT DE ROBERSPIERRE.

ODE.

QU'ENTENDS-JE ! ô ciel ! quels cris funèbres !
Phœbus sortant du sein des eaux,
Va-t-il, en chassant les ténèbres,
Éclairer des forfaits nouveaux ?
Où cours-tu, Peuple régicide ?
Quelle sanguinaire Euménide
Peut guider tes pas vers ces lieux ?
Des cruautés, dont Roberspierre
Rougit à chaque instant la terre,
Vas-tu rassasier tes yeux ?

Quoi ! tant de villes désolées
Par ce fanatique imposteur,
Tant de victimes immolées
N'ont point assouvi sa fureur !

Verra-t-on toujours l'innocence,
Foible, timide et sans défense,
En proie à ses cruels transports ?
Et veut-il, de la France entière,
Faisant un vaste cimetière,
Ne dominer que sur des morts.

Depuis plus de quatre ans livrée
Aux coups de ce monstre inhumain,
Mille fois la France éplorée
A senti déchirer son sein ;
Sans cesse accumulant les crimes,
La Seine voit de ses victimes
Flotter les membres déchirés ;
Et ses ondes ensanglantées,
Au sein des mers épouvantées
Roulent des corps défigurés.

Quel spectacle affreux et barbare
A rempli mon ame d'effroi !
Les gouffres profonds du Ténare
Se sont-ils ouverts devant moi ?
Hélas ! sur ces rives charmantes,
Où des fleurs, toujours renaissantes,

S'empressoient d'éclore à nos yeux ;
Mon œil effrayé n'envisage,
Que l'aride et brûlante plage,
Que baigne l'Achéron fangeux.

O vous, que l'on nomme Sauvages ;
Peuples détestés des Mortels,
Sanguinaires antropophages,
Vous n'êtes pas aussi cruels ;
Et vous, dont tous les jours encore,
L'Univers stupéfait abhorre
Et l'existence et les excès,
Néron, Caligula, Tibère,
Vous n'avez pas souillé la terre
De tant de sang et de forfaits.

Sortez de votre léthargie,
Français, levez-vous à ma voix ;
N'auriez-vous donc de l'énergie
Que pour assassiner vos Rois ?
Lâches et timides esclaves,
N'osez-vous briser les entraves,
Dont sa fureur charge vos bras !
Souffrirez-vous long-temps encore,

Que ce Despote carnivore
Poursuive ses assassinats ?

Que dis-je, hélas ! peine inutile !
Les Français sont sourds à mes cris ;
Une crainte basse et servile
A glacé leurs foibles esprits.
Telle autrefois, Rome enchaînée,
Rome aux flammes abandonnée,
Voyoit ses pâles Sénateurs
D'un monstre encenser tous les crimes ;
Adorateurs pusillanimes
De leurs lâches usurpateurs.

Berstheim, d'un feu plus héroïque
Tu vis s'enflammer les BOURBONS,
Quand d'un aréopage inique
Ils foudroyoient les escadrons.
Imitateurs de leurs ancêtres,
Vengeurs de leurs malheureux Maîtres ;
Tu vis nos braves Chevaliers,
Sur les ailes de la Victoire,
Au temple sacré de la Gloire
Se frayer de nouveaux sentiers.

Quoi, grand Dieu! dans ce temps prospère
Où le modèle des bons Rois,
HENRI, que tout Français révère,
Nous faisoit adorer ses lois,
Un tigre, un monstre impitoyable
Ose porter sa main coupable
Sur le sein du nouveau Trajan;
Et dans la France malheureuse
Il n'est pas de main généreuse
Qui la délivre d'un Tyran!

Honneur, humanité, nature,
Dont il a violé les droits,
Vous, dont sa coupable imposture
Profana les plus saintes lois,
Cessez de gémir en silence;
Voici l'instant de la vengeance:
Déjà les Cieux se sont ouverts,
Et tel est l'horrible anathême,
Dont l'Être éternel et suprême
A frappé ce monstre pervers.

Sous le glaive de l'injustice,
Tu fis périr tes Souverains;

Tu sus, par un nouveau supplice,
Effrayer les pâles humains :
Ta main, profanant l'Arche sainte,
Frappa, jusque dans son enceinte,
Mes plus zélés adorateurs ;
Leurs corps, privés de sépulture,
Ont enfin servi de pâture
A tes sanguinaires Licteurs.

De ton souffle impur infectée,
Long-temps en proie à tes fureurs,
Contre toi, la terre irritée,
Imp'ore mes foudres vengeurs ;
Tu vis, avec indifférence,
Gémir à tes pieds l'innocence ;
Ta rage insultoit à ses maux :
Mais, dans le sein de tes complices,
Ainsi que toi, voués aux vices,
Tu vas rencontrer tes bourreaux.

« Le glaive est levé sur ta tête,
» L'enfer sous tes pas va s'ouvrir ;
» La foudre à t'écraser est prête,
» Tremble, ton règne va finir. . .

Il dit : Roberspierre frissonne ;
Un Peuple indigné l'environne,
Chacun veut lui percer le sein ;
L'airain sonne : le monstre expire ;
L'Univers soulagé respire,
Et le Ciel devient plus serein.

Par M. DE G*** Chasseur Noble ;
Comp. N.° 17.

LOUIS SEIZE A SON PEUPLE.

ROMANCE.

C'EN est donc fait ! et ces murs ténébreux,
Témoins de mes dernières peines,
Vont retentir de mes derniers adieux,
Et la mort va briser mes chaînes !
En terminant ainsi d'affreux revers,
Le sort me devient plus propice !
Il m'a conduit du Trône dans les fers,
Et de ma prison au supplice !

Des Criminels je vais subir la mort !
Qu'ai-je donc fait ? quel est mon crime ?
Ai-je abusé, pour mériter mon sort,
D'une autorité légitime ?
Français ! ... Français ... vous jugez votre Roi
Avec un front inexorable,

Et lui, jadis, auroit frémi d'effroi,
En signant la mort d'un coupable.

Quand j'appellai vos antiques États,
Plein d'une douce confiance,
Je me jetai moi-même dans vos bras;
Est-ce donc là ma récompense?
Je croyois voir mes enfans près de moi.
Pour prix d'un amour si sincère
Vous oubliez que je fus votre Roi,
Et que je suis Époux et Père!

Ah! si du moins mon sang couloit pour vous;
Si je mourois pour la Patrie,
Je bénirois, en tombant sous vos coups,
L'arrêt qui va m'ôter la vie!
Mais, que je plains vos funestes erreurs!
En ces jours d'horreurs et de crimes,
Des noirs complots de tous mes oppresseurs
Vous êtes aussi les victimes!

De leurs forfaits, de vos propres fureurs
Un jour vous frémirez vous même!
En me nommant, vous répandrez des pleurs,

Vous plaindrez un Roi qui vous aime !
Ce doux espoir adoucit mes malheurs.
Je meurs du moins, dans l'assurance
Que, parmi vous, il est encor des cœurs
Touchés du sort de l'innocence.

Londre, jadis, sous le glaive des lois,
De son Roi vit tomber la tête.
Londre, aujourd'hui, plus sage qu'autrefois,
Déteste cette horrible fête.
Le sentiment reprend toujours ses droits ;
Et cette voix incorruptible
Sait ramener à l'amour de ses Rois,
Un Peuple égaré, mais sensible.

De cet amour si pur, si généreux,
Vous serez encor les modèles!
Mais que mon sang, en ce jour malheureux,
Suffise à vos haines cruelles !
Que craignez-vous d'un Enfant dans les fers,
Qui n'a que ses pleurs pour défense ?
Il n'a du sort connu que les revers ;
Et je lui défends la vengeance.

Puisse la paix, ramener dans Paris
Des jours tranquilles et prospères !

Et des Français, pour jamais réunis,
Faire encore un peuple de Frères !
J'entends rugir mes bourreaux inhumains :
On vient... et la mort m'environne !
Voyez mon sang ruisseler sous leurs mains ;
Je meurs sans peine, et vous pardonne.

Par M. DE TEZMONVILLE,
Chasseur Noble, Comp.e N.o 16.

ROMANCE.

Ce berceau, sombre et solitaire,
Rappelle dans mon cœur un souvenir bien doux;
O vous, qui m'êtes encore chère,
Ce berceau me parle de vous.

Grands Dieux! qu'il s'est écoulé vîte
L'instant si précieux d'une trop douce erreur!
Avec la volage Mélite,
J'ai vu s'enfuir tout mon bonheur.

Quelle autre eût pu, dans la Nature,
Réunir ainsi qu'elle, attraits, graces, candeur,
Si le mensonge et l'imposture
N'eussent jamais flétri son cœur?

Beauté séduisante et volage,
Ce lieu, qui fut témoin de ma félicité,
Me retrace, avec votre image,
Votre affreuse infidélité.

Par M. de G*** Chasseur
Noble, Comp.e N.o 17.

SIMON ET SON CURÉ.

CONTE LANGUEDOCIEN

Tiré de M. D.

J'AI lu dans un ancien regître
De la paroisse de Pignan,
Que dans celle de Saoussan,
Un Curé qu'on appelloit Pître,
Prêchoit quatre fois dans un an:
Le mari de la gouvernante,
Vieux More, du nom de Simon;
Avoit assez l'air d'un démon;
Mais la conduite du barbon
N'étoit pas moins édifiante,
Car l'on convient, dans le canton,
Qu'il ne manquoit pas un sermon.
Quand Monsieur Pître, avec vîtesse,
Sans être troublé par la presse,
D'un bout à l'autre débitoit

Un prône qui vous endormoit,
Simon d'allégresse en bavoit :
Mais, lorsque sa langue traîtresse
Dans sa bouche s'embarrassoit,
Ce qui très-souvent arrivoit,
Triste témoin de sa détresse ;
Hélas ! plus la foule rioit,
Plus l'honnête Simon pleuroit
Comme un zélé Chrétien devoit.
Bon jour, bonne œuvre, un beau Dimanche,
Monsieur Pître, à ses Saussannais,
Moitié patois, moitié français,
Après avoir arrosé l'anche,
Tant bien que mal fit le récit
Du sermon que voici transcrit.

« Non, mes chers Frères, dans la vie
» N'es pas de plus horré peccat,
» Après aquel d'impurétat,
» Que celui de l'ivrognerie :
» Car qui boit trop perd la raison,
» Qu'alou perd la résoun és capablé
» De touté mauvaise actioun,
» Et n'en déven la proy d'aou Diablé.
» Je vois déjà ce fier Démon

» Apprêter fagots et charbon
» Per vous faïré rousti lou rablé.
» Aï! quant estat misérable!
» Je vous vois sans rémission
» Plus noirs que le cu de Simon;
» Et de ségur nés pas paou diré:
» Vous qui ne l'avez jamais vu,
» Saï que cresez que nés per riré?
» Allons, Simon, montre ton cu:
» Fais voir à toute l'assistancé
» Dins aquel miroir de damnat,
» De quant air l'oun sera piestrat,
» Pour trop aimer l'intempérancé. »
Simon, déjà fait au métier,
Tourne l'échine au bénitier,
Et découvre, aux regards du monde,
Une ravine sans seconde,
Vallon affreux où les autans
Poussoient de sourds gémissemens;
Et dont l'obscurité profonde,
S'il ne se fût mis de travers,
Auroit fait peur jusqu'aux enfers.
Par la vertu de ce topique,
Et du sermon fort pathétique,
Tout au mieux cela réussit.

Hommes et femmes, tout frémit
Devant l'infernale relique ;
Monsieur Pître s'applaudissoit,
Et Simon, en fin politique,
Pour faire valoir sa rubrique,
De tout côté se retournoit.
Par malheur, sa femme Louise
Lui cria : Réponds-moi, vilain !
Que ne changeois-tu de chemise
Avant de montrer ta valise,
Puisque du Curé de l'Eglise
Tu devois servir le dessein ? . . .
Simon lui répond : Imbécille !
Prends-t'en à Monsieur le Prieur ;
Eh! qui songeoit, nom d'un Seigneur !
Qu'il eût prêché cet Evangile !

Par M. le Ch. DE QUERELLES,
Chasseur Noble, Comp.e N.o 7.

LUCY MACKIN.

ROMANCE.

CHARME cruel! douce mélancolie!
Songe trompeur, qui séduisez mes sens!
Ah! rendez-moi, rendez-moi mon amie,
Zéphyrs légers, portez-moi ses accens!
Près du ruisseau, sur la mousse naissante,
Je ne vois plus son regard s'adoucir!
Je ne vois plus sa paupière mourante
S'ouvrir d'amour! se fermer de plaisir!

La lune alors coloroit le bocage,
Et le berceau propice à mes désirs;
Le Rossignol, caché sous le feuillage,
Joignoit ses chants à nos tendres soupirs!
Le Dieu d'Amour voltigeoit sous l'ombrage;
Parfumoit l'air, circuloit dans les eaux,
Semoit de fleurs le gazon du rivage,
Et mollement balançoit les rameaux.

Quand le zéphyr, de son haleine pure,
Ride le flot qui cède sans efforts,
Vous voyez l'onde, avec un doux murmure,
Aller, venir, revenir sur ses bords :
Comme le flot, docile à la Nature,
Je vis Lucy soumise au Dieu d'amour !
Là, son beau sein, sur un lit de verdure,
Contre mon sein vient et fuit tour-à-tour.

Témoins discrets de la plus douce ivresse,
Jasmins, lilas, et vous, myrtes fleuris,
Faunes, Sylvains, partagez ma tristesse;
Sombres échos, soyez tous attendris !
Ah ! Dieux cruels ! hélas, à peine éclose,
J'ai vu la fleur se faner sur mon sein !
J'ai vu Lucy, comme un bouton de rose,
Naître et mourir dans son premier matin.

Foibles accens de ma voix gémissante,
Intéressez les Nymphes d'alentour !
Toi, qu'elle aimoit, Palombe languissante,
Dans ces bosquets ne parle plus d'amour !
Lucy n'est plus ! en vain sa douce image,
Sensible encor, voltige sur mon cœur !

Tendres oiseaux, cessez votre ramage,
Lucy n'est plus ! soupirez ma douleur !

Si quelque jour, mon ombre fugitive,
Vient sur ces bords pour trouver le bonheur,
Chéris encore sa voix tendre et plaintive,
Heureux berger, respecte son erreur :
Ah ! sur ton sein presse ta douce amie !
Dis-lui qu'amour causa seul mon tourment ! . .
Dis-lui qu'amour sème de fleurs la vie,
Mais que ces fleurs ne brillent qu'un moment.

Quelle vapeur se répand sur ma vue ?
Quel froid mortel se glisse dans mes sens ?
Ah ! viens, Lucy ! soutiens mon ame émue !
Presse mon cœur dans tes bras caressans !
J'entends sa voix ! je sens frémir sa tombe !
De ses beaux yeux je vois couler les pleurs !
Je m'affoiblis ! je chancèle ! . . je tombe ! . .
Adieu, Lucy ! . . je sens . . que je . . me . . meurs.

Par M. le Ch. DE QUERELLES, Chasseur
Noble, Comp.e N.o 7.

LE LEVER DU SOLEIL.

ODE AU ROI,

Sur son Avénement au Trône.

INFORTUNÉ dès sa naissance,
Abandonné de l'Univers,
Un Enfant, l'espoir de la France,
Gémit sous le poids de ses fers;
Privé de la plus tendre Mère,
En proie à l'horrible misère,
Il est abattu, languissant;
Ainsi, dans les jardins de Flore,
Privé des larmes de l'Aurore,
Périt un lys éblouissant.

La main du cruel Roberspierre,
Dont le poignard frappa LOUIS,
Moins atroce et moins meurtrière,
Aura-t-elle épargné son Fils;

Sa jeunesse, son innocence,
De la haine et de la vengeance
Auront-ils arrêté le cours ?
Le fer a respecté son âge ;
Mais bientôt, un affreux breuvage
Coupe la trame de ses jours.

Eh ! quoi ! Paris, de nouveaux crimes
Souilleront toujours tes remparts !
Toujours de nouvelles victimes
Épouvanteront nos regards !
Quoi ! de la nature éplorée,
De l'humanité déchirée
On n'écoutera pas les cris !
Et des scélérats trop célèbres,
De voiles sanglans et funèbres,
Sans cesse couvriront les Lys.

Non, non : des rayons de lumière
Colorent la voûte des Cieux ;
Le Soleil sort de l'onde amère,
Plus brillant et plus radieux ;
Il dissipe les noirs orages,
Il détruit les sombres nuages

Qui le déroboient à nos yeux;
Mille cris dans l'air retentissent,
Et les vrais Français applaudissent
L'astre qui se lève pour eux.

Déjà son heureuse influence
Semble vivifier les fleurs;
Le Lys sur sa tige s'élance,
La Rose a repris ses couleurs.
Loin de sa source l'onde pure
Fuit avec un plus doux murmure,
A travers ces rians vallons,
Et sous des moissons ondoyantes,
De Cérès les mains bienfaisantes
Font gémir ces heureux sillons.

Mais, sous de frivoles peintures
Pourquoi cacher la vérité?
Muse, abandonne les figures,
Pour chanter la réalité.
Peins à nos yeux un Prince auguste,
Victime d'un destin injuste,
Malheureux, sans être abattu,
Et qui sut toujours à l'orage

Opposer son noble courrage,
Et le calme de la vertu.

A nos vœux, trop long-temps contraires,
Les destins vont changer pour lui;
Au Trône, où régnèrent ses Pères,
L'Eternel l'appelle aujourd'hui.
Français, un nouveau jour l'éclaire;
Que le retour de la lumière
De ton cœur bannisse l'effroi!
Un Sage ceint le diadême;
Mérites ce bonheur suprême,
En tombant aux pieds de ton Roi.

Dans ton sein, en proie aux alarmes,
Verser la coupe du bonheur,
Tarir la source de tes larmes,
Est le vœu que forme son cœur.
Sa main, secourable et propice,
Veut t'arracher du précipice
Où l'athéisme t'a jeté;
Peuple naguères si sensible,
Serois-tu donc inaccessible
A tant d'amour et de bonté.

Mais, lorsque sa main paternelle
T'offre l'olivier de la paix,
Ah ! par une erreur criminelle
Ne rejette pas ses bienfaits.
Devant l'Être saint et suprême,
Que ta bouche impure blasphême;
Incline un front respectueux;
Et de la secte sanguinaire,
Qui détruisit le sanctuaire,
Abjure le systême affreux.

Des apôtres fougueux du crime
Trop long-temps tu subis les lois,
Trop long-temps tu fus la victime
Des vils assassins de tes Rois;
Des Guerriers ont saisi leurs armes,
Ils vont, précédés des alarmes,
Venger Louis, finir tes maux;
Et le favori de Bellonne,
Condé, que la gloire couronne,
Va bientôt frapper tes bourreaux.

Mais, lorsqu'opérant des miracles,
Son bras fixera les destins,

Deux Héros rompront les obstacles
Que l'enfer met à leurs desseins;
Sous la plus sainte des banières,
Conduisant des Cohortes fières,
D'Artois et Bourbon réunis,
Vont détruire, dans leur Patrie,
Le culte de l'idolatrie,
Et faire triompher les Lys.

Dans une Ville régicide
Je les vois arborer la Croix,
Immoler un Sénat perfide
Aux mânes du meilleur des Rois;
Tel, étonné de son courage,
Des Sarrazins, sur son rivage,
Le Jourdain vit Bouillon vainqueur,
Chrétien zélé, guerrier sublime,
Planter sur les murs de Solime
L'étendart d'un Dieu rédempteur.

Alors on verra l'abondance
Répandre sur nous ses faveurs;
On verra régner l'innocence,
La franchise, et les bonnes mœurs;

La douce et vertueuse Astrée,
Quittant sa demeure éthérée
Descendra couronner nos vœux ;
Nous reverrons ces temps prospères,
Où, soumis au meilleur des Pères,
Tous les Français étoient heureux.

O toi, que l'Univers adore,
Toi, qu'ont méconnu des pervers;
Dieu tout-puissant, Dieu que j'implore;
Que ta bonté brise leurs fers;
Laisse désarmer ta colère
A notre repentir sincère,
Aux pleurs qui coulent de nos yeux;
Et bientôt, dans toute la France
L'Hymne de la reconnoissance
De ses sons frappera les Cieux.

Par M. de G... Chasseur Noble,
Comp.^e N.º 17.

LE HÊTRE ET LES OISEAUX.

FABLE ALLÉGORIQUE.

A M. le Colonel Baron DE BŒCKLIN, qui avoit accueilli notre Société Littéraire dans son Château de Rusth en Brisgaw.

EN but aux vautours mal-faisans,
Usurpateurs de leur bocage,
Les chantres légers du printemps
Avoient cessé leur doux ramage.
Errans sur un autre rivage
Ils regrettoient cet heureux temps,
Où le plus riant paysage
Retentissoit de leurs accens.

Un Hêtre épais, dont le feuillage,
impénétrable au Dieu du Jour,

Dominoit les bois d'alentour
Et protégeoit le voisinage,
Fut attendri de leur malheur;
Et pour alléger leur douleur
Il leur offrit, contre l'orage,
Un asile sous ses rameaux.
Là, dans le sein d'un doux repos,
Bravant et les vautours et leur cruelle rage,
Au Hêtre bienfaisant, par des concerts nouveaux,
Ils offrent chaque jour leurs vœux et leur hommage.
Toi qui, par les talens divers,
Charmes les peines de la vie,
Sous l'emblême naïf de cette allégorie,
C'est toi, Bœcklin, que célèbrent mes vers.

Lorsque, bannis par une secte impie,
Par des scélérats factieux,
Les Beaux-Arts n'ont plus de patrie
Ton cœur leur offre, dans ces lieux,
Un asile honorable, une retraite sûre:
Ami de la belle nature,
Tu viens te mêler à leurs jeux.
Ainsi, lorsque l'envie eut du palais des Dieux,
Exilé jadis sur la terre
Celui dont le char radieux

Dispense aux Humains la lumière ;
Les Arts, les Muses et Phœbus,
Rejetés de la Grèce entière,
Trouvèrent un asile à la Cour de Bacchus.

Par M. de G*** Chasseur
Noble, N.° 17.

PORTRAIT DE L'AMOUR.

A SOPHIE.

L'AMOUR avoit la fraîcheur d'une rose,
Un teint de lys, un accent des plus doux!
Perles étoient dans sa bouche mi-close;
Il avoit tout ce que j'admire en vous:
Ces traits charmans, cette taille divine
Cet œil d'azur brillant de mille feux!...
Mais, c'etoit vous; sans peine on le devine,
Tout me l'assure, et mon cœur et mes yeux.

Par M. LE CH.er DE QUERELLES,
Chasseur noble, Comp.e N.o 7.

FRAGMENT

D'UN DISCOURS,

Prononcé chez le Baron DE BOECKLIN, le 19 Mai 1796.

QUEL charme autour de moi ! quel douce harmonie !
Tout annonce à mes yeux l'aurore de la vie,
Et mes sens agités, enivrés de bonheur,
Dans mon sein, hors de moi, me font trouver mon
cœur !....
Les astres éclatans scintillent sur ma tête ;
Sous ces lambris d'azur, si mon ame s'arrête ;
Il me semble entrevoir l'auguste immensité ;
Et cette immensité vénérable et profonde,
Me dit : Foible mortel, atôme de ce monde ;
L'infini n'est qu'un jeu de la Divinité.
Maîtrisé, malgré moi, par ces tableaux sublimes ;
Le néant sous mes pas semble ouvrir ses abîmes,
La raison parle en vain, je doute si je suis ;

Mais déjà de ses feux l'Orient se colore;
Le souffle du Zéphyr vient annoncer l'Aurore;
Le jour me rend les sens que la nuit m'a ravis.
Par ses brillans concerts le chantre du bocage
Et m'appelle et me charme au milieu des forêts :
Au milieu des forêts, dans un nouveau langage,
Le ruisseau qui s'enfuit m'offre d'autres attraits ;
Mon œil aime à languir sous des rameaux paisibles.
C'est là que mon esprit s'égare pour jouir;
C'est là que dans un songe il aime à réunir,
Sur un lit de gazon, deux cœurs purs et sensibles ! . . .
Hélas ! qui n'a connu ces doux ravissemens !
Pour bannir les regrets je voile leur image;
Le plaisir dans l'exil n'est plus qu'un vain nuage;
Jouet foible et léger des caprices des vents ! . .
Inutiles projets ! Qui peut, dans la tempête,
Oublier, au milieu des ondes en courroux,
La paix, la volupté qu'une aimable retraite
Vient offrir à son cœur ? . . Non, non, le sort jaloux,
Malgré tous ces efforts, ne peut de ma pensée
Effacer, arracher les plus doux souvenirs ! . .
Semblables aux parfums portés par les zéphirs,
Autour de l'oranger, dont la tige est brisée,
Ils viennent tour à tour à mes sens attendris
Retracer les transports d'une épouse sensible

Et par l'arrêt cruel du Destin inflexible,
Ils déchirent mon cœur, en immolant LOUIS ! . .
Oh ! qui peut oublier le lieu de sa naissance !
Ses premières douleurs, et ses premiers plaisirs !
Cet âge intéressant, où l'ame sans désirs
Trouvoit le vrai bonheur au sein de l'innocence ! . . .
Comme on voit un ruisseau, revenir sur son cours,
Ainsi j'aime à sourire au berceau de mes jours !
Doux et cruels pensers ! les songes de ma vie
Sur un sol étranger ramènent ma Patrie,
Fatalité funeste ! Et le jour et la nuit,
Mon ingrate Patrie et m'évite et me suit !
Pareils à ces flambeaux, à ces feux éphémères
Qui portent dans les airs leurs clartés mensongères
Pour égarer les pas du triste voyageur ;
L'espoir, le souvenir, enfans de la constance,
En offrant à mes yeux l'image de la France,
N'appellent qu'un phantôme et volage et trompeur.
O tableau ravissant ! quand l'Arbitre suprême,
Sur le front des Bourbons posa le Diadême,
Soutien de la vertu, le sceptre dans leurs mains
Présentoit aux Français des jours purs et sereins.
Les deux Mondes alors, en dépit de l'envie,
Domptés par sa valeur, instruits par son génie,
Séduits par son esprit, animés par ses chants,

Pour saisir le bonheur, empruntoient ses penchans;
Un regard de LOUIS avoit peuplé les villes,
Et changé les déserts en campagnes fertiles.
La France, pour offrir les trésors des moissons,
Dévançoit le désir et l'ordre des saisons.
Momus, les jeux, les ris, régnoient dans ces bocages;
Mille troupeaux erroient sur ses heureux rivages;
Pour le front de Bacchus et de tous ses Guerriers,
Les monts se couronnoient de pampres, de lauriers;
Venus dans ses vallons, plus tendre, moins craintive,
Caressoit Adonis près d'une onde plaintive:
Et se couvrant de fleurs, les gazons d'alentour,
Voiloient et les plaisirs et les combats d'amour.
O douleurs! o regrets! o France infortunée!
Quel crime, hélas! a pu changer ta destinée!
Où suis-je! où fuir! o ciel! dans le sang de nos Rois
Le glaive parricide est plongé mille fois!...
L'honneur et la vertu, la douce bienfaisance,
Les nœuds chers et sacrés de la reconnoissance,
Sont un poids trop pesant pour un cœur vicieux;
Il ne peut résister au torrent furieux
Qui donne aux passions une force invincible:
Il gronde, ce torrent, dans sa course terrible;
Il creuse du chaos les noires profondeurs!...
Ma voix, ma foible voix appelle des vengeurs,

On est sourd à mes cris ! - . . O ma chère Patrie !
La discorde sur toi s'élance avec furie ;
Je vois déjà briller ses yeux étincellans.
Je reconnois le cri de ses affreux serpens !
De ses flambeaux cruels la flamme envénimée
Exhale dans les airs une horrible fumée :
Elle accourt, elle vole, un poignard à la main ;
De la Religion elle brise le frein ;
Ce frein, consolateur de la foible innocence !
Ce frein, qui seul du crime arrêtoit la puissance,
N'est plus : il est détruit ; sur ses autels sanglans
Les Ministres de Dieu sont jetés expirans !
Et pour leurs assassins, en fermant la paupiére,
Ils t'adressent ô Ciel ! une douce prière ! . . .
D'un froid prompt et mortel tous mes sens sont saisis !
Envain je veux quitter ces horribles débris :
Dans le parvis sacré des flammes dévorantes,
Du temple me font voir les voûtes chancelantes :
Je veux fuir ; l'airain tonne, et les airs dilatés
Ont ent'rouvert ces murs . . . Ils sont précipités ! . . .
La mort autour de moi jette ses voiles sombres :
Je renais ! . . Je me traîne au travers des décombres ! . .
L'or, le marbre, le fer, embellis par les Arts,
Dans un nuage épais confusément épars
Ne me présentent plus que de profonds abîmes,

Qui prolongent au loin les soupirs des victimes ! . .
J'erre dans les détours des portiques fumans ;
Un jour pâle et douteux guide mes pas tremblans ;
Mon regard suspendu dans ma course tardive,
Poursuit avec lenteur sa clarté fugitive,
Et l'obstacle vaincu, mes sens encore émus
Font palpiter mon cœur quand le danger n'est plus ! . .
Ainsi, long-temps après que l'aviron docile,
A brisé le cristal d'une eau pure et tranquille ;
On voit le flot léger se rider et frémir
Et sur la rive alors s'empresser de courir.

Les autels sont détruits ! . . Quel pouvoir invincible
Protégera le Trône en ce moment terrible ?
Lors que le temple saint jusqu'en ses fondemens
S'ébranle et tombe, hélas ! sous les coups des tyrans.
Quel mortel oseroit s'opposer à l'orage ?
Monarque, frémissez ! . . . Dans ces jours de carnage
Où trouver un asile ? où chercher des secours ?
C'est en vain que Momus, les Graces, les Amours,
S'efforcent d'enchaîner le Démon de la guerre ;
C'est en vain que le sang vient d'abreuver la terre,
De nouveaux flots de sang, hélas ! doivent couler ! . .
Mais quel heureux transport naît pour nous consoler ?
Sur les pas des Bourbons, ces Fils de la victoire.

Les Chevaliers Français s'élancent à la gloire!
O nature! o bonheur! ô voluptés des cieux!
En vain exposez-vous vos tableaux gracieux!...
Amour, puissant Amour, as-tu perdu tes armes?
Et toi Vénus, et toi, qu'as-tu fait de tes charmes?
Une amante, une sœur, un père réunis
N'ont rien pu sur des cœurs par l'honneur endurcis:
Un fils s'est éloigné des auteurs de sa vie!
Envain pâle et mourante, une épouse chérie,
Les yeux noyés de pleurs, d'une tremblante main
Dans un dernier adieu les pressa sur son sein!
Ce beau sein, tant de fois heureux de leur ivresse!..
Ce beau sein, qui loin d'eux, flétri par la tristesse,
Peut-être étouffera le germe précieux,
Que Vénus en secret anima de ses feux,
N'a pu suspendre, hélas! leur course impétueuse!
L'honneur a commandé: leur ame généreuse
S'immole sans gémir! ils volent à la mort!
Ils déchirent leur cœur! incertains si l'effort,
Si les combats sanglans, si les biens, si la vie,
Sacrifices cruels! qu'exige leur Patrie!
Pourront un jour servir leur Patrie et leur Roi:
Ils entendent ce cri, ce cri qui dit en moi:
« Ah! laissez moi jouir d'une erreur qui m'est chère!
» Elle m'enorgueillit de ma longue misère,

» Elle adoucit mes maux, elle charme mon cœur !
» L'aliment d'un Français, n'est-il donc plus l'honneur.
» Je combats pour mon Dieu, je soutiens la Couronne,
» Sous les nobles débris de l'autel et du Trône ;
» Si mes efforts sont vains, je verrai le tombeau,
» Je serai satisfait : est-il un sort plus beau ?
» O dignes compagnons d'une injuste souffrance !
» O généreux Guerriers ! doux espoir de la France !
» Je connois, je ressens vos nobles sentimens :
» Vos exploits, vos travaux, vos noms vainqueurs du temps,
» A l'immortalité passeront d'âge en âge ;
» Vos fils, dignes de vous, fiers de votre courage ;
» S'écrieront, animés, embrasés de vos feux :
» Quand on meurt pour son Roi, n'est-on pas trop heureux ! . . . »

Mais lorsque le destin, pour vous inexorable ;
Paroît vous enchaîner sur des bords inhumains,
Ne puis-je vous offrir un secours favorable
Pour alléger les fers dont s'indignent vos mains ?
Ah ! lorsque la Vertu, cette vierge timide,
S'enfuit avec effroi devant le régicide,
Aussi-tôt dans les airs l'égide de Pallas,
En brillant à ses yeux, semble guider ses pas ;

Minerve lui sourit : déjà sa main plus sûre
Peut sans frémissement tresser sa chevelure,
Ramener sur son sein ses voiles ondoyans,
Et resserrer les nœuds de ses longs vêtemens.
Sous ses traits gracieux, qu'offre l'allégorie,
Fixez la vérité qu'a voilé le génie :
Ne voyez dans Pallas, que les Arts, les Talens,
De l'immortalité, les seuls, les vrais enfans.

Les monts les plus altiers s'écroulent dans l'abîme,
Les Rois les plus puissans, détrônés par le crime,
Trahis, abandonnés, fugitifs en tous lieux,
Présentent à mon cœur ces restes malheureux,
Que les vents irrités brisent dans le naufrage,
Et que l'onde poursuit de rivage en rivage....
Devant la faulx du temps tout cède, tout fléchit ;
Les jours, et les saisons, les siècles, tout finit,
Tout change : le Printemps, sur ses ailes legères,
Emporte nos trésors, nos plaisirs, nos chimères ;
Le Sommeil et l'Oubli, ministres du trépas,
Couvrent de noirs cyprès la trace de nos pas.
Tel est l'arrêt du sort : tout homme a sa carrière ;
Les Temples, les Palais rentrent dans la poussière ;
Sous les cintres brisés des plus beaux monumens,
La ronce se hérisse, et d'affreux sifflemens,

Au sein du Panthéon, sur des marbres fragiles,
Où tonnoit Jupiter, me font voir des reptiles... :
Mais sur les bords du gouffre où tout vient s'engloutir,
Le Génie est tranquille et brave l'avenir ! ...

Si Bacchus, si l'Amour, et leur tendre folie,
Dans un songe enchanteur, font écouler la vie ;
Leur empire, formé par un délire heureux,
Ne peut qu'un seul moment satisfaire à nos vœux :
Le cœur se trouve alors dans une solitude ;
mais les plaisirs nombreux qu'on trouve dans l'étude,
Ne dépendent jamais des caprices du sort ;
Ils animent nos sens, même au sein de la mort.
J'ai vu devant Phœbus les Parques étonnées,
Oublier le tissu des rapides années,
Un seul de ses regards dompte les élémens :
Il paroît, et soudain sur les flots écumans,
Les Zéphyrs endormis retiennent leurs haleines ;
Ou, portant aux échos le doux chant des Sirènes,
ils soupirent au loin des sons mélodieux,
Que l'oreille poursuit dans le vague des Cieux.
Oui, par ses traits de feu votre ame fut atteinte :
Qui ne seroit ému dans cette auguste enceinte ?
Qui ne seroit ravi, lorsque les favoris
Des Muses, de Momus, de Mars et de Cypris,

Dans leurs nobles écrits où Bellone respire ;
Embouchent la trompette ou caressent la lyre ?
Vous jouissez alors, vous goûtez mes plaisirs ;
Tous vos cœurs, de mon cœur connoissent les désirs ;
Préparent en secret des guirlandes légères,
Et viennent couronner leurs Muses printannières.
Pour vous, qui m'appelez à de brillans concerts ;
Vous qui daignez sourire au tribut de mes vers,
En restant sous vos yeux, ma muse plus hardie,
Instruite par vos chants à la douce harmonie,
Pourra peut-être un jour, en marchant sur vos pas,
Rehausser par vos fleurs ses modestes appas.
Telle on voit serpenter sur un lit de verdure,
D'un paisible ruisseau l'onde flexible et pure :
Son cristal mollement reproduit sur son sein
Les astres de la nuit, l'azur d'un jour serein :
Il ravit tour à tour les saphirs de l'Aurore,
Et l'écharpe d'Iris, et les jasmins de Flore.
Indigente en ce jour avec timidité,
Dans ces écrits tracés par la simplicité,
Ma muse dans vos cœurs vient chercher l'indulgence,
Et dépose et sa lyre et sa reconnoissance.

Par M. le Ch.er DE QUERELLES,
Chasseur Noble, Comp.e N.o 7.

LA SIRÈNE.

CONTE MORAL.

UN Berger de l'âge d'or,
Dont le cœur simple et paisible,
Pour aucune Belle encor,
N'étoit devenu sensible,
Souvent menoit ses troupeaux
Fort au loin sur le rivage
Du vaste empire des eaux,
Chantant, car c'étoit l'usage
Des Bergers de ce vieux temps;
Non pas l'amour et ses charmes,
Mais des plaisirs innocens,
Et toujours exempts d'alarmes.
Un jour, au milieu des flots,
Quel objet frappe sa vue!
Jour fatal à son repos!
C'étoit une beauté nue,
Charmante par mille appas;

Pour

Pour en ébaucher l'image ;
Mon pinceau ne suffit pas.
Vous sentez, qu'en homme sage,
Notre Berger voulut fuir.
Vain projet ! foiblesse humaine !
Il n'en eut que le désir.
Sa perte étoit trop certaine.
La belle, à tant d'agrément
Joignoit encor la magie
De nos Dames d'à présent ;
J'entends la coquetterie.
Elle voit son embarras,
Se détourne avec adresse ;
Avec grace étend ses bras ;
Se courbe et puis se redresse ;
Et puis de ses longs cheveux
Saisit la tresse flottante,
Penche la tête ; enfin chante
Quelques couplets amoureux.
Le Berger ne put entendre,
Les sons flatteurs et touchans,
De cette voix douce et tendre,
Et ne pas perdre le sens.

« Des Déesses la plus belle,
» Dit-il, écoute un Berger

» Qu'encor n'a pu toucher
» Aucune Beauté mortelle.
» Va, son cœur vaut ceux des Dieux!
» Il est tendre et pur comme eux,
» Et restera plus fidelle. »

Berger, lui répondit-elle,
Confuse et baissant les yeux,
Je ne suis point immortelle,
Et n'ai pas la liberté
De m'engager à ma guise:
Toujours à sa volonté,
Neptune me voit soumise;
Lui seul peut combler tes vœux.
Elle dit: et l'espérance
Doublant l'ardeur de ses feux,
Il invoque la puissance
Du fier Souverain des Eaux,
Et de ses bœufs les plus beaux
Lui promet le sacrifice,
S'il lui daigne être propice.
Il le fut: impatient
De jouir du bien suprême,
Le Berger vole au-devant
Du charmant objet qu'il aime:

L'eau n'arrête point ses pas.
Elle est enfin dans ses bras ;
Contre son sein il la presse :
Mais quelle soudaine horreur
Succède à sa douce ivresse !
O surprise ! affreuse erreur !
Notre belle étoit Sirène ;
D'un côté, figure humaine,
De l'autre côté, poisson.

Jeunes gens sans méfiance,
Par défaut d'expérience,
Ceci vous sert de leçon.
Il en est beaucoup sur la terre
En qui tout semble accompli,
Qui, si bien l'on considère,
Ne sont hommes qu'à demi.

Par M. D. B. D. L. N.

VERS

A MADEMOISELLE DE***

Il est des cœurs aimans, pour qui l'Enfant malin
N'a besoin que de foibles armes;
Il en est pour lesquels en vain
Il épuiseroit tous ses charmes:
C'est un marbre toujours glacé,
A ses traits presque impénétrable.
Mais si l'un d'eux une fois l'a percé,
La trace en est ineffaçable.
Tel est le mien; j'en fais l'aveu:
Jamais il n'a souffert de l'amoureux martyre.
De vos yeux un instant j'ai vu briller le feu,
Et le voilà comme une cire
Qui de votre beauté
Reçoit une empreinte fidelle:
Loin de vous il reprend toute sa dureté,
L'image y devient immortelle.

Par M. D. B. D. L. N.

VERS

Pour mettre au bas du Portrait de M.me DE***

C'EST en vain qu'un pinceau fidèle
Multiplie un aimable objet ;
Avoit-on besoin du portrait
Pour se rappeler le modèle ?
Quand l'heureux effet des couleurs
Offrit à nos yeux ton visage,
Hélène, ta charmante image
Etoit déjà dans tous les cœurs.

Par M. DE TEZMONVILLE,
Chasseur Noble, Comp. N.° 16.

PORTRAIT DE L'AMOUR.

SI j'avois à peindre l'Amour,
J'en ferois un enfant timide;
Beau comme l'aube d'un beau jour,
Ayant l'innocence pour guide;
Tel qu'il étoit au siècle d'or;
Dans cet âge, exempt d'imposture,
Où les Belles, simples encor,
N'avoient que des fleurs pour parure,
Pour miroir, qu'une source pure,
Et des vertus pour tout trésor.

Je peindrois ce feu légitime
Qu'allument les plus doux rapports,
Que nourrit ensuite l'estime,
Et qui méconnoît les remords;
Non la passion effrénée,

Inquiète, désordonnée,
Qu'expriment de bruyans transports.
Simple tour à tour, et modeste,
Il ne feroit que des heureux,
Et j'arracherois de ses yeux
Ce bandeau qui le rend funeste.

A l'exemple des anciens Preux,
Mon amour auroit pour devise,
Loyauté, constance et franchise;
Mais je voudrois qu'il eût, comme eux,
Une démarche militaire;
C'est en éblouissant les yeux,
Que souvent on parvient à plaire,
Et qu'on voit couronner ses vœux.
On ne verroit pas sur ses traces
Le désespoir et le trépas;
La délicatesse et les graces
Ne quitteroient jamais ses pas.

Mon amour n'auroit plus ces armes
Qui causèrent tant de malheurs;
Il n'auroit, pour dompter les cœurs,
Que son innocence et ses charmes.
Toujours guidé par la candeur,

Jamais conduit par la folie ;
Il sauroit inspirer au cœur
Une douce mélancolie.

Sans tolérer le changement ;
Je voudrois lui laisser ses ailes ;
La légéreté plaît aux Belles ,
Et ne nuit point au sentiment.

Aux pieds d'une Beauté badine ;
Mais sage et modeste à la fois ,
Il déposeroit son carquois ,
Et je l'offrirois à Corinne.
Jeune et séduisante Beauté ;
Ton cœur fait toute ma richesse ;
Ton souvenir, dans ma détresse ,
Fait encor ma félicité.

Par M. de G. . . .
Chasseur Noble, Comp.e N.o 17.

ADIEUX

A M. LE BARON DE BŒCKLIN.

Bel azile, riant bocage,
Où, malgré le sort en courroux,
Un ami des Muses, un Sage
A souvent fait naître pour nous
Des jours sereins et sans nuage,
Faut-il donc s'éloigner de vous ?

Toi, qui daignas mêler tes larmes
Aux pleurs qui couloient de nos yeux,
Toi, qui nous fis trouver des charmes
Dans l'exil le plus rigoureux,
Adieu, Bœcklin. Dans les alarmes
Le sort conduit encor nos pas;
Mais, dans le tumulte des armes,
Inséparable des combats,
Toujours avec reconnoissance,

De tes vertus, de tes talens
Nous chérirons la souvenance.
Adieu, Bœcklin : dans tous les temps,
La retraite auguste et champêtre,
Le séjour vraiment enchanteur
Où nous avons pu te connoître,
Seront présens à notre cœur.

Par M. DE G*** Chasseur
Noble, Comp. N.° 17.

LE SERIN.

FABLE.

ON a répété de tous temps
Cet antique et très-juste adage;
Qu'il vaut mieux être oiseau des champs,
Que d'être un pauvre oiseau de cage:
Je veux pourtant prouver qu'il ne seroit pas sage,
De ne rien retrancher de cette vérité,
Et que souvent doux esclavage
Vaut bien mieux que la liberté.

Dans une superbe volière,
Un enfant de bonne maison
Élevoit un Serin, jaune comme un citron,
Mignard comme Vert-Vert, et chantant de manière,
A s'attirer plus d'applaudissemens,
Que n'en obtint jamais le chantre du printemps;
Tant il est vrai, que les plus beaux talens

Ont toujours besoin de culture;
Et qu'un peu d'art à la nature,
Sait ajouter de nouveaux agrémens.
Félix étoit le nom de cet oiseau si rare.
Félix veut dire heureux! il l'étoit en effet;
Herbes fines, bombons, pastilles et millet,
Son Maître n'étoit point avare;
Il avoit de tout à souhait.
Mais cela n'étoit rien encore
Près des soins qu'on lui prodiguoit.
Dès le matin, au lever de l'Aurore,
Dans un jardin charmant, au milieu d'un bosquet;
La volière étoit transportée;
Là, d'ombrage et des fleurs sans cesse environnée,
Elle étoit à l'abri des feux brûlans du jour,
Tandis que mille oiseaux venoient tous à l'entour,
L'égayer par leur doux ramage,
Et qu'une eau jaillissante à travers ce feuillage,
Augmentoit la fraîcheur de ce riant séjour.
Telle est la peinture fidèle,
De ces lieux qu'ornoient tour à tour,
Pour un captif, digne d'un si beau zèle,
L'amitié, la nature et l'art! ... Mais, dira-t-on,
Une prison, pour être belle,
N'en est pas moins une prison!

Eh! Vert-Vert dans sa solitude,
Objet de la sollicitude
De tout l'état embeguiné,
Vert-Vert jouissoit-il d'un sort plus fortuné?
On n'est point dans la servitude,
Dès lors qu'une douce habitude
Nous fait voir dans un maître un ami généreux.
C'est le sort de Félix! ... Il étoit trop heureux!
Pour s'en faire aimer davantage,
Son jeune Maître quelquefois,
Ouvroit la porte de sa cage,
D'un ton benin, l'appeloit sur ses doigts;
Sur les arbres du voisinage
Lui permettoit d'aller se divertir;
Et s'il tardoit à revenir,
S'il s'oublioit dans ce voyage,
A son retour, sans fiel on le grondoit.
L'oiseau malin, en pinçant, le rendoit;
Mais ce n'étoit qu'un badinage:
Faisoit-on un reproche, un baiser le suivoit.
Aimable enfant, pour un oiseau volage,
Vous prodiguez des soins trop doux:
Hélas! pour lui, comme pour vous,
Craignez le perfide langage
Et des flateurs et des jaloux.
Félix connoissoit peu l'envie,

Mais l'excitoit par son bonheur :
On veut qu'il tâte du malheur,
Et des peines d'une autre vie.
Chez tout le peuple ailé c'est un point résolu;
Dabord, en plaisantant l'on tente sa vertu.
Si son Maître l'appelle et qu'à sa voix il vole,
Un vieux moineau s'écrie; *il est en bonne école!*
Un autre lui répond; « *c'est dommage vraiment*,
» *Qu'avec tant de talens et tant de gentillesse*,
» *Il soit le jouet d'un enfant!* »
Un autre jour, nouvelle adresse;
La foule autour de lui s'empresse;
C'est à qui lui témoignera,
Plus d'amitié, plus de tendresse.
Mille regrets, quand il s'en va,
Du foible oiseau chatouillent les oreilles.
On lui promet monts et merveilles,
S'il veut, en de nouveaux pays,
Aller chercher fortune et suivre ses amis.
Tant de piéges enfin, lui font tourner la tête,
Et déjà même est arrété
Le jour où de sa liberté,
Il doit s'assurer la conquête.
Ce jour arrive; il touche au moment décisif;
Le pauvre Serin tout pensif,

Hésite encor, mais enfin on l'entraîne.
D'abord, pour écarter des souvenirs trop chers;
Dans un riant verger, dans une riche plaine,
Et puis sur des coteaux d'excellens fruits couverts,
Adroitement on le promène.
Son Maître à le chercher, perd son temps et sa peine,
L'ingrat s'applaudissant d'avoir brisé ses fers,
Chantoit à plein gosier sur mille tons divers:
Que les oiseaux sont faits pour voler dans les airs,
Et non pour vivre dans la gêne.
Mais bientôt viennent les frimats;
L'hiver de tous ses fruits a dépouillé la terre:
Ne trouvant plus rien sur ses pas,
Mourant de froid et de misère,
Félix éprouve enfin le destin des ingrats.
Les indignes amis, dont la perfide adresse
L'avoit dans le piége entraîné,
Sans honte, sans pitié, l'ont tous abandonné.
De cruels souvenirs, le remords qui l'oppresse,
Viennent alors à sa détresse
Ajouter des tourmens plus affreux que la mort;
En nommant son Maître, il expire:
Vous, qu'aveugle un même délire,
Voilà quel sera votre sort.

Par M. DE TEZMONVILLE, Chasseur
Noble, Comp.e N.o 16.

ÉPITRE

A M. DE VILLEM.

LORSQUE, sortant du sein de l'onde,
L'astre qui mesure les jours,
Viendra recommencer son cours,
Et rendre la lumière au Monde,
Comme lui, fuyant le sommeil,
Et quittant avec moins de peine
Un lit où jamais au réveil
Dans ses bras, l'Amour ne m'enchaîne;
Je m'acheminerai vers vous,
Non pour y porter la lumière,
Mais pour ressentir au contraire,
L'effet de ce feu vif et doux,
Qui, brûlant votre ame sensible,
Lance au dehors ses traits vainqueurs;
Et par un attrait invincible,
Sait vous attirer tous les cœurs.
Oui, si tout fermente et s'épure

Devant le céleste flambeau;
Si son aspect toujours nouveau,
Donne la vie à la Nature;
Ainsi mon esprit abattu,
Près de vous s'échauffe, s'anime,
Et partage l'élan sublime,
Du génie et de la vertu.
Comme enfin, lorsque dans la plaine,
L'aimable printemps de retour,
Bannit les frimats, et ramène
Les Jeux, les Plaisirs et l'Amour,
Sous un Ciel pur et sans nuage,
Tout vit, croît et s'épanouit;
Et le bonheur dont on jouit,
Des maux passés chasse l'image;
De même, après de longs chagrins,
Je retrouve en votre présence,
En dépit de cruels destins,
Toujours nouvelle jouissance.
Peine, exil, tout est oublié;
Et mon cœur au sort insensible,
N'a que le sentiment paisible,
De la tendre et pure amitié.

Par M. de B... de la N...

ÉPIGRAMME

Sur un Livre de Prières par l'Abbé de B...

CERTAIN Abbé d'esprit, émule de Chaulieu,
Favori d'Apollon, des Ris et de leur mère,
Et digne Confesseur de Mars et de Cythère
    Exilé de son Presbytère,
Ayant en vain cherché le plaisir en tout lieu,
Quoi ! je mourrois d'ennui ? dit-il, hélas ! que faire
C'est moins que rien... n'importe, allons, pensons à
        Dieu.
Alors il écrivoit un Livre de Prière.

Par M. le Ch.er DE QUERELLES,
Chasseur Noble, N.° 7.

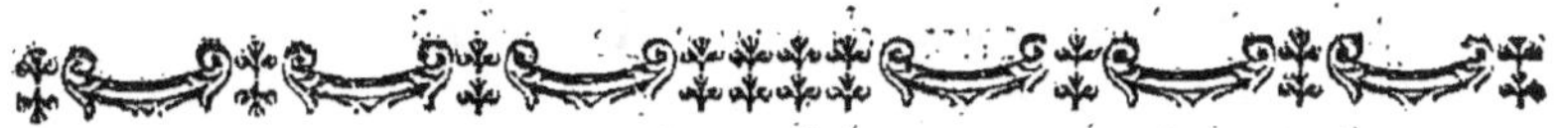

LE LIS ET LA ROSE.

ALLÉGORIE.

A Mlles DE BRANDENSTEIN.

A peine ce matin l'Aurore
A-t-elle éclairé les Humains,
Que dans le parterre de Flore
J'ai porté mes pas incertains;
J'y venois, à mon ordinaire,
Respirer le parfum des fleurs,
Et jouir en paix des faveurs
Qu'offre la saison printanière.
Un Lis à mes yeux s'est offert,
Et sa blancheur éblouissante,
Son calice à peine entr'ouvert,
Sa tige élancée et brillante
M'interessoient en sa faveur,
Lorsqu'une rose semillante
A vivement ému mon cœur,
Et rendu mon ame flottante.

A qui des deux donner le prix?
La chose n'étoit pas facile,
Et plus d'un docteur fort habile
Eût été, peut-être, indécis.
Chaque fleur me faisoit envie,
Et redoubloit mon embarras;
Le Lis avoit bien des appas;
Mais la Rose étoit si jolie!..
Que décider en pareil cas?
Le Lis fait pencher la balance,
La Rose veut la préférence;
Faisons mieux, ne décidons pas.
Toutes deux, à la fleur de l'âge,
Toutes deux enchaînant les cœurs,
Vous avez, trop aimables sœurs,
Un droit égal à notre hommage.
Emblême heureux de la douceur;
Du Lis la modeste couleur
Peint Catherine à son aurore,
Et la Rose qui, sur ces bords,
Etale ses jeunes trésors
Est la folâtre Éléonore.
Ah! que l'hommage que je rends
A vos graces, à vos talens,
N'excite pas votre colère,

N'allume pas votre courroux;
Jeunes Beautés, il est sincère,
Il est pur et digne de vous.
Jamais les Dieux ne s'offensèrent
Qu'on leur élevât des Autels,
Et jamais ils ne refusèrent
L'encens et les vœux des Mortels.

Par M. DE G*** Chasseur Noble,
Comp. N.° 17.

ROMANCE.

Sur le sommet de ces côteaux,
Les yeux tournés vers ma Patrie ;
A l'ombre des tilleuls qui croisent leurs rameaux,
Le cœur ému, l'ame attendrie,
Je pense à toi, belle Sophie.

La nature, dans ces climats,
De tous ses charmes embellie,
Pour mon cœur déchiré ne peut avoir d'appas;
Las ! je suis loin de mon amie,
Je suis séparé de Sophie.

Comme l'Aurore aux tendres fleurs
Vient au matin rendre la vie,
Ainsi du souvenir les songes séducteurs
Raniment mon ame flétrie,
En m'offrant les traits de Sophie.

Ruisseau, dont les paisibles flots
Caressent l'herbette fleurie,
Pourquoi ne peins-tu pas dans tes limpides eaux,
L'image de ma douce amie,
Les traits adorés de Sophie.

Lorsque des plus brillantes fleurs
Zéphyre émaille la prairie,
Je me rappelle alors ces momens enchanteurs,
Ces jours, les plus beaux de ma vie,
Où je les offrois à Sophie.

Destin barbare, pour jamais
Suis-je exilé de ma Patrie?
Honneur, funeste honneur, au milieu des regrets
Faut-il finir ma triste vie,
Faut-il mourir loin de Sophie!

L'espérance vit dans mon cœur,
Des malheureux elle est l'amie;
Je puis encor, je puis, dans le sein du bonheur,
De la fleur que j'aurai cueillie
Couronner le front de Sophie.

Par M. DE G... Chasseur Noble,
Comp.^e N.° 17.

TRADUCTION DES MÉDITATIONS D'HERVEY.

LE LEVER DE LA LUNE.

LORSQUE la sombre nuit commence sa carrière,
La Lune au front d'argent, par sa douce lumière,
Calme les passions de l'homme malheureux,
En ne jetant alors, dans sa course paisible,
Qu'une pâle clarté, pour cacher à ses yeux
L'objet qui peut troubler son ame trop sensible ! . . .
La voilà . . . . dans les airs elle fuit lentement,
Et dore de ses feux l'azur du Firmament.
Quel transport ravissant et m'agite et m'anime,
En voyant ce spectacle imposant et sublime !
La Lune étincelante aux célestes lambris,
Semble une lampe immense à mes regards surpris :
Ses mobiles rayons se dispersent dans l'ombre,
Et viennent de la nuit doubler le manteau sombre ! . .

Mais son éclat augmente, et déjà sa lueur
Vient couvrir en tremblant les airs, la terre et l'onde :
Tandis que le sommeil donne la paix au monde,
Elle épand sur la terre une douce vapeur !

Des ombres et des cieux Souveraine chérie !
Gloire de ces flambeaux qui brillent dans les airs !
Puissent et ma pensée et mon ame et mes vers
Etre purs comme toi, jusqu'au soir de ma vie !

Par M. le Ch.er DE QUERELLES,
Chasseur Noble, Comp.e N.° 7.

LE LEVER DU SOLEIL.

Vois le Soleil sortir du sein de l'Orient !
Lorsqu'il lance les feux de son disque éclatant,
Comme un rideau léger, on voit alors la nue
S'ouvrir, se dissiper dans les airs étendue :
Avec quelle noblesse il vient sur l'horizon !
Qui n'est alors saisi par l'admiration ! . . .
Son port majestueux, sa fière contenance
Du Roi de l'Univers annoncent la présence ! . . .
Rassemblez les trésors de tous les Souverains,
Les merveilles des Arts, chefs-d'œuvres des Humains,
Et lorsque le Soleil va s'élancer de l'onde,
Montrez-moi quel spectacle est pareil dans le Monde ? . .
Nos regards trop long-temps voilés par le sommeil,
Sont-ils déjà frappés des rayons du Soleil ?
Sur les pas de la Nuit, les Heures diligentes
Ouvrent-elles du jour les barrières brillantes ?
L'Aurore au teint vermeil, pour sourire à nos vœux,
A travers la vapeur de l'ombre fugitive,
Etale les trésors qu'offre la perspective,

Et les déploie au loin dans le vague des Cieux.
La rose teint l'azur de la voûte éthérée,
D'un vert humide encor la terre colorée,
Sur des tapis brillans fait éclore les fleurs,
Et parfume les airs de leurs douces odeurs....
De ses plus beaux attraits la Nature est ornée,
De ses charmes vainqueurs elle est environnée;
La rosée étincelle à mes yeux éblouis,
Et sème autour de moi, l'opale et le rubis.
L'Univers au Soleil doit sa reconnoissance,
Tout être est pénétré de sa douce influence:
Il paroît, tout renaît et s'anime à l'instant;
L'insecte, par milliers, jouit du mouvement;
Le réveil des oiseaux vient charmer le bocage;
L'air frémit de plaisir, ému par leur ramage:
L'écho répète au loin des sons mélodieux,
Et ne saisit alors qu'un chant voluptueux.
Mais si l'Astre du jour nous voile sa lumière,
Un crêpe alors s'étend sur la Nature entière:
Les Cieux, dans ce moment, paroissent inquiets;
Les plaisirs alarmés deviennent tous muets:
Le hibou, seulement, goûte une jouissance,
En croyant que la nuit déjà pour lui s'avance.

Par LE MÊME.

L'OISEAU DE LA NUIT
ET
LE ROSSIGNOL.

Une voix tout-à-coup et m'attriste et m'effraie ! . . .
Ses longs gémissemens font frémir les échos,
Et troublent de la nuit le paisible repos ! . . .
A ces lugubres cris, je reconnois l'orfraie :
Un sinistre présage inspire tous ses chants ;
La désolation lui prête ses accens ! . . .
Les murs abandonnés, les antiques ruines,
Les décombres couverts ou de lierre ou d'épines,
Les antres, les déserts qui n'ont point vu le jour,
Par elle sont choisis pour être son séjour :
On diroit que la nuit règle sa destinée ;
De la nature entière elle est abandonnée.

Quel est cet autre oiseau, qui vient charmer ces lieux
Par les attraits si vifs d'un chant mélodieux ?

D'un transport ravissant qui pourroit se défendre ?
Rossignol, je connois ta voix flexible et tendre ! . . .
Maître de l'harmonie, elle vient, dans ces bois,
Enfler ton doux gozier et recevoir tes lois :
Dans tes accords charmans, elle seule t'inspire,
Et vient de tes amours soupirer le délire :
Tes concerts variés, au gré de nos désirs,
Enchaînent dans les airs les volages zéphyrs :
Sous un feuillage épais, ou près des eaux plaintives ;
Ils fixent de la nuit les ombres fugitives;
Ils portent dans mes sens une douce langueur !
Par eux la volupté se glisse dans mon cœur ! . . .
O chantre ravissant ! dont l'ame est embellie
Par la discrétion et par la modestie,
Fidelle compagnon des Amans et de ceux
Qui vont chercher la paix des solitaires lieux ;
Les oiseaux à ta voix s'éveillent sous l'ombrage ;
Et la nuit elle-même écoute ton langage.

Par M. le Chev. DE QUERELLES,
Chasseur Noble, Comp.e N.o 17.

LE BONHEUR.

DES Êtres qui peuplent la terre,
L'Être le plus infortuné,
L'Homme à peine voit la lumière,
Qu'aux passions abandonné,
Il court après une chimère,
Sous le nom chéri du bonheur.
Bercé par un songe flatteur,
Il veut toujours cueillir des roses,
Mais rarement il en jouit;
A peine sont-elles écloses,
Que leur éclat s'évanouit.

D'une Déité mensongère
A-t-il encensé les autels,
Les soucis, les chagrins cruels;
De son amitié passagère
Sont les fruits souvent trop réels.
Sur les ailes de l'Harmonie,
Son brillant et fougueux génie

A-t-il obtenu des succès,
L'envie, à sa perte acharnée,
Par son haleine empoisonnée,
Change ses lauriers en cyprès.

En vain il s'obstine à poursuivre
Une fugitive lueur;
Le malheureux cesse de vivre,
Et n'a saisi qu'une vapeur.
Seroit-il donc une chimère,
Ce bonheur qu'on cherche en tous lieux?
N'est-ce donc qu'un être éphémère,
Qui se montre et fuit à nos yeux,
Lorsque nos regards curieux
Veulent pénétrer son essence?
Non, non, plus d'une fois mon cœur
A reconnu son existence.
D'un malheureux, que la douleur
Oblige à gémir en silence,
Lorsque j'allége la souffrance,
Ne goûtai-je pas le bonheur?

Toi, que caresse l'opulence,
Qui, dans un Palais somptueux,
Étale sans cesse à nos yeux,

Ton luxe et ta magnificence ;
Mortel, crois-moi : la bienfaisance
Pourra seule te rendre heureux.
Sois sensible, sois généreux ;
Qu'en toi la timide innocence
Trouve toujours un protecteur :
Content du sort et de toi-même,
De la félicité suprême
Tu pourras goûter la douceur.

Par M. DE G*** Chasseur
Noble, Comp. N.° 17.

HÉRO

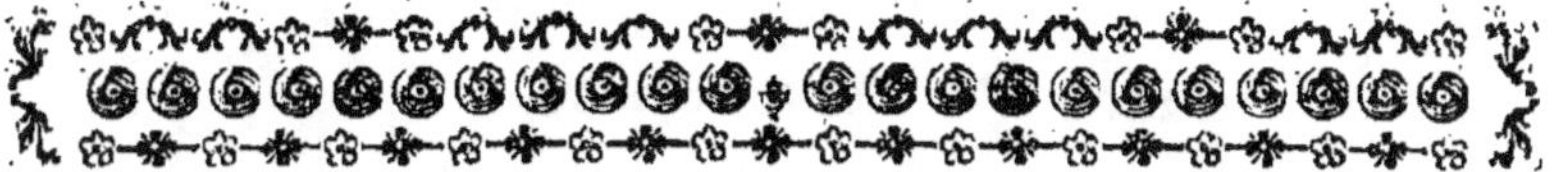

HÉRO ET LÉANDRE.

HÉROÏDE.

AMOUR ! cruel Amour !
Viens, rassure Léandre;
Son cœur, sensible et tendre,
T'implore dans ce jour.
Pardonne, Dieu vainqueur,
Tu causes son martyre;
Doit-on, sous ton empire,
Connoître la douleur ! . . .

Dans un réduit charmant,
Près d'un bois solitaire,
La Beauté qui m'est chère,
Se baignoit mollement.
Ses yeux, ses doux soupirs,
Sa bouche enchanteresse,
Exprimoient cette ivresse
Qu'enfantent les plaisirs !

Je vis son air touchant
Adoucir l'onde amère ;
Cet Hellespont sévère
Étoit lors caressant !
Les flots, dans leurs transports,
Avec un doux murmure,
Pour mouiller sa ceinture,
Faisoient tous mille efforts.

Au milieu des Beautés
De la Cour d'Amphitrite,
Héro voit à sa suite,
Les Tritons indomptés :
Ils redoublent leurs chants,
Ils brûlent dans les ondes,
Et leurs grottes profondes
Répètent leurs accents.

Un monstre audacieux
Fend la vague écumante ;
Héro, foible et tremblante,
Implore tous les Dieux.
Sensible à sa douleur,
Un trait, de ma main sûre,

Fend l'air, siffle et rassure
L'idole de mon cœur.

Venez, Songes légers,
Prolongez mon délire;
Peignez son doux sourire,
Rendez-moi ses baisers!
Hélas! ce temps n'est plus!
Neptune nous sépare!
Divinité barbare,
Vois mes sens éperdus!

Écoute mes accents,
Dieu cruel de Cythère!
J'affronte, pour te plaire,
Et les flots et les vents:
Fais briller dans les airs,
Ta flamme si rapide,
Amour! deviens mon guide,
Je brave l'Univers!

Il dit: et, plein d'ardeur,
Pendant la nuit obscure,
De Thétis qui murmure,

Il fend le flot trompeur ;
Mais ce calme enchanteur,
Trop voisin de l'orage,
Fait gémir le rivage,
Qui prévoit son malheur.

Déjà les bords fleuris
De sa Patrie émue,
Dérobés à sa vue,
N'entendent plus ses cris.
On eût vu, dans les airs,
La vague menaçante,
S'élancer mugissante
Au-devant des éclairs.

Victime du destin,
Héro, triste et craintive,
Vole sur cette rive,
La terreur dans le sein :
Elle voit son Amant,
Entend sa voix plaintive;
Son ame fugitive,
S'arrête en la voyant.

Il fixoit ses beaux yeux,
Sa bouche sembloit dire :
Pour toi, Léandre expire!
Léandre est trop heureux!
Dans ses bras entr'ouverts
Il pressa son Amie,
Et son ame attendrie
S'envola dans les airs! . . .

Sur ces funestes bords,
La vague frémissante,
Pour calmer une Amante,
Tenta de vains efforts;
Leurs bras sont enlacés!
Bientôt l'onde plaintive
Repousse sur la rive,
Leurs corps déjà glacés.

Ici, le jeune Amant,
A sa cruelle Amie,
D'une voix attendrie,
Exprime son tourment:
Le ramier amoureux,
La palombe fidelle,

Dans la saison nouvelle ,
Gémissent en ces lieux.

Ainsi , dans le Printemps ;
La rose languissante ,
Voit sa feuille mourante ;
Triste jouet des vents :
Leur souffle impétueux
La fait tomber sans peine ;
Mais encor , sur l'arène ,
Elle embaume les Cieux.

Par M. le Ch. DE QUERELLES ,
Chasseur Noble , Comp.e N.o 7.

MINUIT.

FATIGUÉ d'éclairer le monde,
Le Soleil, dans le sein de l'onde,
A précipité ses coursiers;
De son char, parsemé d'étoiles,
La Nuit étend ses sombres voiles,
Et je vois mes bons Casaniers,
Harassés des travaux champêtres,
Rassembler leurs troupeaux épars,
Et, vers le toit de leurs ancêtres,
Tourner leurs pas et leurs regards.
Morphée a touché leur paupière,
Et le charme de ses pavots
Va leur faire oublier leurs maux.
La Lune argente l'atmosphère,
Et, sur la cîme de ces monts,
Sa douce et tremblante lumière
Réfléchit de pâles rayons.
Le Silence couvre la terre
De ses voiles les plus épais.

Du Zéphyr l'amoureuse haleine
Agite à peine les forêts,
Et je n'entends, dans cette plaine,
Que le bruit de quelques ruisseaux,
Qui, dans une course incertaine,
Murmurent sur la molle arène;
En roulant leurs paisibles flots.

Toi, qui, des maux de l'existence
Consolant les tristes Mortels,
Adoucis leurs soucis cruels
Par le baume de l'espérance,
Heure consacrée au repos,
O Minuit, reçois mon hommage.
C'est sous ton règne, que le Sage,
A la lueur des noirs flambeaux,
Vient s'instruire au sein des tombeaux.
C'est toi que l'Amante trahie
Rend confidente de ses pleurs;
A toi, que l'amitié confie
Ses alarmes et ses douleurs.

Mais quoi! tandis que tout sommeille,
Sombre et pensif, le méchant veille.

Il veille ! Il médite, en son cœur,
La ruine d'une famille,
La perte d'un homme d'honneur,
Ou bien, l'opprobre de sa fille !
Heure, consacrée aux forfaits,
Fuis loin de nous ; fuis pour jamais.
Et toi, qui féconde la terre,
Soleil, ame de l'Univers,
Quitte le vaste sein des mers ;
Viens éclairer cet hémisphère.
Les méchans ne portent leurs coups
Qu'au milieu de la nuit obscure ;
L'éclat d'une lumière pure
Est à charge aux tristes hibous.

Par M. DE G. . . Chasseur Noble,
Comp.e N.o 17.

LA VIOLETTE.

ROMANCE.

TENDRE fleur qui pare ces bords,
Modeste et simple Violette;
  Pourquoi donc, sous l'herbette,
Cacher à nos yeux tes trésors,
Modeste et simple Violette?

  Première fille du Zéphir,
Tu viens parfumer la Nature;
  La naissante verdure,
Offre un trône au léger plaisir,
Quand tu parfumes la Nature.

  Fière de ses vives couleurs,
La Rose en vain fixe ma vue;
  Une fleur inconnue,
Exale ses douces odeurs,
La Rose en vain fixe ma vue.

Annette possède mon cœur;
Modeste et simple Violette,
Tu plais aux yeux d'Annette:
Sois aux miens la plus belle fleur,
Modeste et simple Violette.

Par M. DE G*** Chasseur
Noble, Comp.^e N.° 17.

ODE SACRÉE.

Traduction libre du Pseaume *Laudate pueri*.

ENFANS, dans vos joyeux Cantiques,
Chantez le Dieu de l'Univers;
Venez sous ses divins portiques,
Faire entendre vos doux concerts;
Que le nom du Dieu du tonnerre
Soit béni de tous les Mortels!
Est-il un Peuple sur la terre,
Qui ne lui doive des Autels?

Quand le Soleil, au sein de l'onde,
Se plonge et fait place à la nuit,
Le Soleil doit trouver le Monde
Chantant le Dieu qui le conduit.
Lorsque, précédé de l'Aurore,
Cet astre enfin nous rend le jour,

Il doit entendre et voir encore,
Notre hommage et nos chants d'amour.

Ce Dieu! ... C'est celui des Armées;
Les Peuples rampent sous ses yeux,
Comme de légères nuées,
Que chasse un vent impérieux.
Quel cœur impie auroit l'audace,
De l'égaler à d'autres Dieux?
Un seul de ses regards embrasse,
Les eaux et la terre et les Cieux.

De la gloire qui l'environne,
L'éclat ne se peut concevoir;
Au-dessus des airs est son Trône,
Au-dessus des lois son pouvoir.
Du sein d'une vile poussière,
Le pauvre s'élève à sa voix;
Il change en palais, sa chaumière,
Et le place parmi les Rois.

Telle qu'une fleur isolée,
Une épouse tendre languit;
Il parle et des fruits d'Hymenée,

Bientôt sa maison se remplit.
D'amour alors son ame émue
Tressaille et se plaît à sentir,
Que grace en doit être rendue
Au Dieu qui fait naître et mourir.

Par M. DE TEZMONVILLE, Chasseur
Noble, Comp. N.° 16.

ODE SACRÉE.

Traduction libre du Pseaume *De profundis*.

Du fond de l'abîme où je suis,
Du séjour affreux des coupables,
Grand Dieu, dans mes cruels ennuis,
J'ai poussé des cris lamentables.
Les pleurs touchans du repentir,
Ont toujours calmé ta colère.
A ces pleurs, laisse-toi fléchir;
Ne sois pas sourd à ma prière.

Dans tes Jugemens solennels,
Si ta pitié, toujours propice,
En faveur des foibles Mortels,
N'adoucissoit pas ta justice;
Si tu mesurois, Dieu puissant,
Ton couroux aux poids de nos crimes,

Où seroit le cœur innocent,
Qu'on pût séparer des victimes ?

J'ai connu ta divine loi,
Elle a soutenu mon courage;
Elle ranime encor en moi,
Le doux espoir qui me soulage.
Je succombois à mon tourment,
Ta parole a fait sur mon ame,
L'effet d'un baume adoucissant,
Qui du poison éteint la flame.

Dès le commencement du jour,
Et de son déclin à l'aurore,
Qu'Israël pénétré d'amour,
Se confie au Dieu que j'adore!
A ses bontés, à sa douceur,
Qui peut assigner des limites?
Des bienfaits d'un Dieu rédempteur
Par-tout les preuves sont écrites.

Pour les forfaits dont Israël,
En vain a comblé la mesure
Son sang va couler sur l'Autel.....

Il n'est rien que ce sang n'épure !
Un cœur par le remords vaincu,
Dieu juste, a droit à ta clémence;
Rends-lui la paix de la vertu,
Et le calme de l'innocence.

PAR M. DE TEZMONVILLE,
Chasseur Noble, Comp.e N.o 16.

LE SERMON

DU CURÉ DE VÉRARGUE.

HISTOIRE LANGUEDOCIENNE

Tirée de M. DE *CH...*

JE vous l'avois bien dit la dernière semaine;
Que si je le pouvois, vous auriez une aubaine.
Je vais faire un Discours à vous lécher les doigts;
Et sans le partager en deux points ni dans trois,
Ni même commencer, comme le veut la mode,
Par quelques mots Latins, je suivrai ma méthode:
Certes, certes, chacun raconte à sa façon;
Pour vous, vous m'entendez, suivez donc ma leçon:
Apprenez, mes amis, qu'un certain jour le Diable,
Ce dangereux esprit, ce monstre abominable,
Employa ses efforts pour tenter le Seigneur.
Et vous savez trop bien comment fit l'imposteur.
Il le mena d'abord sur les hautes montagnes;
De là tout se voyoit, mers, villes et campagnes,

Et la France et l'Europe et les autres Pays ?
Enfin ce qu'on peut voir dessous le Paradis.
Le Démon dit à Dieu, dans son vilain grimoire,
Je te donnerai tout, si tu veux bien me croire;
Pour moi je ne veux rien qu'un très-petit canton.
Eh bien! de quel endroit parloit l'affreux Démon?
Dites; est-ce de Rome, où se tient le saint Père?
Non.— Avec son bon sens, Jean dit: c'est l'Angleterre.
— Non. — Pascal qui sourit, pense que c'est Paris,
Séjour d'un si bon Roi. —Non; maître Brun, tu dis
Que c'est Constantinople. — Oui, cette grande Ville
De ce coquin de Turc, ou bien cette grande Isle...
—Non; Quel est donc ce lieu? je vais le découvrir:
Cet endroit, c'est Verargue; ah! vous devez frémir!
Savez-vous bien pourquoi le Diable le conserve?
Verargue est sa garenne et sa grande réserve.
Il sait qu'il peut y voir et joueurs et menteurs,
Ivrognes, débauchés, méchans sujets, voleurs;
Les femmes la pluspart y sont un peu coquines,
Gourmandes à l'excès, fainéantes, mutines;
Les enfans, des pillards, jureurs et polissons:
Enfin, gueux et vauriens de toutes les façons.
Tous tant que vous voilà, vrais morceaux pour le diable,
Vous êtes les mignons de cet abominable.
Prêt à vous dévorer, je le vois dans l'enfer.

Mon Dieu, pardonnez-leur, retenez Lucifer.
Mes amis, promettez de devenir plus sages,
Que de mes saints discours vous ferez bons usages;
Que vous suivrez toujours le droit chemin du Ciel,
Et fuirez le Démon, pour plaire à l'Éternel.

Par M. le Ch. DE QUERELLES, Chasseur
Noble, Comp.^e N.º 7.

COUPLETS

Adressés à Mlle DE*** au Château d'Hombourg en Suisse.

DES lieux, où respire Henriette
Peut-on s'éloigner sans regrets ?
Hombourg est l'heureuse retraite,
Des jeux, des ris et de la paix.
Dans cette terre hospitalière,
L'honneur, par-tout persécuté,
Obtient, de l'aveu d'une mère,
Le sourire de la Beauté.

Dans leurs châteaux douces veillées,
Terminent les plus heureux jours;
Où les graces sont assemblées,
Que les momens paroissent courts !
D'Henriette le tendre père,
En fait, à son tour, les honneurs;
Gaîté, franchise, et don de plaire,
Sont là pour gagner tous les cœurs.

J'ai quitté ce charmant rivage ;
Mais, au défaut de vos regards,
Belle Henriette, votre image
Me suit sous les drapeaux de Mars.
Mon cœur, pour mieux tromper l'absence,
Vole auprès de vous, chaque jour;
Et mes yeux, en cherchant la France,
Se tournent encor vers Hombourg.

Par M. DE TEZMONVILLE,
Chasseur Noble, Comp. N.° 16.

FANNI.

ROMANCE.

ZÉPHIRS légers, que votre haleine pure,
A ma Fanni porte mes tristes chants,
Et vous, ruisseaux, par un plus doux murmure,
Apprenez-lui tous les maux que je sens!
Autour de moi vainement le bocage,
Expose, hélas! les plus aimables fleurs!
Que sont les fleurs, loin de sa douce image!
Elles n'ont plus ni parfums, ni couleurs.

i
Au fond des bois, plaintive Ph lomèle,
Le sommeil vient appaiser tes douleurs!
Mon cœur, blessé d'une atteinte mortelle,
Brûle sans cesse, et gémit dans les pleurs!
Loin de Fanni, mon humide paupière,
Dans l'Univers ne voit qu'un seul tombeau!
Pour moi le jour a voilé sa lumière,
Pour moi la nuit a perdu son flambeau.

Ah! laissez-moi, vains phantômes de gloire,
Dissipez-vous, prestiges de l'erreur;
Tous les lauriers que donne la victoire,
Ne valent pas un soupir de son cœur!..
Lorsque Vénus dénoua sa ceinture,
Dieu des combats tu reconnus ses loix;
Amour sourit, tu brisas ton armure;
Tu fus esclave au doux son de sa voix.

Deviens sensible à ma douleur profonde;
Barbare sort! ah! suspends ta rigueur!
Mais, c'en est fait; le Ciel, la terre et l'onde
Semblent unis pour déchirer mon cœur!..
Adieu regards! adieu jours pleins de charmes!
Adieu Fanni! j'ai perdu tes attraits!
Cruel honneur! pourquoi m'offrir tes armes,
Lorsque l'Amour me donnoit tous ses traits!

Par M. le Ch.er DE QUERELLES,
Chasseur Noble, Comp.e N.o 7.

VERS À M. L'ABBÉ DE***

Auteur d'une Piéce de Vers, intitulée LES ADIEUX.

Tous vos récits ingénieux
Nous font chérir votre présence;
Mais on aimeroit votre absence
En lisant vos charmans Adieux.
Abbé, vous êtes plus heureux
Que la plus gentille Maîtresse;
Tant qu'on la voit on la caresse,
N'est-elle plus devant nos yeux,
Un autre objet obtient nos vœux:
Mais gardez-vous, à mon langage,
Qui sent un peu le papillon,
De vous pénétrer sans raison,
Que mon cœur est un peu volage;
En amitié, je suis plus sage,
J'en agis d'une autre façon.

Pour éviter la méfiance,
Sans vous faire de complimens,
Je vous dirai que vos talens,
Vous répondent de ma constance.

Par M. LE CH.er DE QUERELLES,
Chasseur noble, Comp.e N.o 7.

DÉCLARATION D'AMOUR
D'UN
CAPITAINE DE VAISSEAU.

UN Marin loyal et discret,
Peut-il dans son langage,
Conter ses feux au doux objet
Qui fixe son hommage ?
Oh ! que l'absence est un tourment !
Mon cœur plein de tristesse,
En donne encor en ce moment
Des signaux de détresse.

Je crois vous voir dans tous les lieux,
Vous êtes mon idôle ;
C'est vers vous, astre radieux,
Que tourne ma boussole ;
L'étincelle du sentiment
Qui dans vos yeux pétille,

A bien la force assurément,
D'en aimanter l'aiguille.

Mais c'est en vain qu'un tendre amant,
Gémissant de l'absence,
Tient son cœur soumis et constant
Au cap de l'espérance;
Ne vaudroit-il pas cent fois mieux,
Comptant sur son étoile,
Sortir de ce calme ennuyeux,
En mettant à la voile!

Que le trajet seroit charmant
Pour ma flamme amoureuse,
Si je pouvois, en cotoyant,
Découvrir l'Isle heureuse!
Je m'écrierois: gagnons le port,
Et que tout l'équipage,
Par une salve de mon bord,
Rende à Cythère hommage.

Je sais bien que de cet endroit,
Difficile est l'approche;
Plus d'un, pour passer le détroit,

S'est brisé sur la roche;
Mais, bravant les flots en courroux,
Dans l'ardeur qui me pique,
Ah! je sens que j'irois pour vous
N'importe à quel Tropique.

Mais, direz-vous, le vent du Nord
Cette maudite Bise,
A de son souffle un peu trop fort,
Courbé ma tête grise;
Il est vrai, l'âge est un gros temps,
Dont frémit la Nature;
Mais, en dépit des ouragans,
J'ai sauvé la mâture.

Thémire, un mot de votre main
Réglera mon voyage;
Et j'arme en course dès demain,
Pour voir votre parage;
Du moins sauvez ma bonne foi
Des dangers du naufrage,
Et sincérement dites-moi,
Si j'aurai bon mouillage.

Par M. Duc...

ODE AU ROI

Pour la Fête de St. LOUIS, en 1796.

DESCENDS du séjour de la Gloire,
Ombre du plus saint de nos Rois :
J'ose célébrer ta mémoire,
Viens soutenir ma foible voix.
Loin d'ici, Muses mensongères;
Par vos fictions étrangères,
Mes chants seroient-ils embellis ?
Je t'implore, Vérité sainte;
Plane, avec LOUIS, sur l'enceinte
Où flotte l'étendart des Lys.

Où suis-je ! Quel brillant cortége
De Rois, de Sages, de Héros !
Mortel impie et sacrilége,
Frémis, suspends tes noirs complots.
Ces Rois, sont ceux dont la mémoire,

Chère à nos cœurs, chère à l'Histoire;
Attendrit encor les Mortels,
Qui furent les fléaux des crimes;
Et de qui les vertus sublimes
Semblent mériter des autels.

Parmi ces Héros qu'on révère,
Brille ce Monarque chéri (1),
Que la France appela son Père.
J'apperçois le Fils de HENRI (2),
Et ce Prince, aussi grand que juste (3),
Qui ramena les jours d'Auguste,
Et triompha des coups du sort;
Et ce Roi, qui, plus intrépide (4),
Sut pardonner au régicide,
Ses affreux malheurs et sa mort.

Quel est ce monstre épouvantable;
Que leur aspect force à rugir?

---

(1) Louis Douze.
(2) Louis Treize.
(3) Louis Quatorze.
(4) Louis Seize.

Dans sa fureur impitoyable,
Il voudroit les anéantir.
Il vient leur déclarer la guerre;
Ses pieds ont ravagé la terre,
De sa tête il frappe les Cieux:
Il corrompt soudain ce qu'il touche;
Le blasphême sort de sa bouche,
Et l'enfer enflamme ses yeux.

Ce monstre affreux, c'est l'Athéisme;
Le doute le poursuit en vain.
Né de l'orgueil de l'égoïsme,
Son cœur est ceint d'un triple airain:
Sur ses pas l'affreuse licence,
Sous le nom de la Tolérance,
Exerce un empire cruel,
Jusqu'à ce qu'enfin l'Anarchie
Ose, d'une main plus hardie,
Renverser le Trône et l'Autel.

Rois, votre Fête est célébrée,
Et le monstre fuit, éperdu!
Cette journée est consacrée
Au triomphe de la Vertu.

Tel, au dernier jour de la terre,
Paroîtra le Dieu du tonnerre;
Les Enfers seront ébranlés,
Ses Saints chanteront ses louanges;
Il sera servi par les Anges,
Autour de son Trône assemblés.

Que les sons touchans de la lyre
Succèdent aux cris des combats!
Mais, où m'entraîne un vain délire?
Jouets des plus noirs attentats,
Accablés du poids de nos peines,
Grand Dieu! sur ces rives lointaines
Pourrions-nous retrouver nos voix?
Et comment chanter ces Cantiques,
Dont retentissoient tes portiques,
Sous l'auguste empire des Rois?

A nos ennemis tout prospère;
Tes Temples sacrés, et nos murs,
Sont encor l'horrible repaire
Des reptiles les plus impurs.
Des succès du crime alarmées,
Les Nations se sont armées;

Pourquoi leurs efforts sont-ils vains?
Veux-tu qu'il triomphe? ou sa chute
Doit-elle, en cette affreuse lute,
Honorer de plus dignes mains?

Ah! si le sort et la victoire
Couronnent les plus noirs forfaits;
Grand Dieu! qui voudra pour ta gloire
Combattre et mourir désormais?
Que dis-je? Un foible jour m'éclaire,
Et j'ose, d'un œil téméraire,
Sonder ses plus profonds desseins!
Français, appaisez sa vengeance,
Et l'heureux salut de la France
Sera l'ouvrage de vos mains.

Une victime à sa justice
S'offre dans nos calamités;
Ah! suspendez ce sacrifice!
(1) Auguste LOUISE.... arrêtez...
Qu'au grand jour vos vertus paroissent.

(1) Madame la Princesse Louise de Bourbon fille de Monseigneur le Prince de Condé, actuellement Carmélite à Turin.

Mais c'en est fait ! . . . Les Cieux s'abaissent,
La Victime marche à l'autel ;
Le feu sacré qui la consume,
Brille à tous les yeux : l'encens fume
Et monte aux pieds de l'Éternel.

Ciel ! est-ce un songe ? est-ce un prestige ?
Où fixer nos yeux incertains ?
LOUIS, par un nouveau prodige,
Nous dévoile ici les destins.
Un astre, vainqueur des orages,
Captive les plus purs hommages ;
Le calme renaît sur les flots !
Un nouveau jour luit sur le monde ;
La terre, brillante et féconde,
Sort des abîmes du chäos.

O jour ! ô victoire éclatante,
Digne du bras du Tout-puissant !
La Religion triomphante
Relève un Lis éblouissant . . .
Les Enfers enchaînés frémissent ;
Nos portiques saints retentissent
De nos Hymnes, de nos transports.

Les Arts embellissent la France,
Et, pour lui porter l'abondance,
Le Commerce rouvre ses ports.

Volez où le sort vous appelle,
Fils de SAINT LOUIS ; ses regards
Soutiendront toujours notre zèle,
Et guideront vos étendarts.
Son sang qui coule dans vos veines,
Par les marques les plus certaines,
Reprenant enfin tous ses droits,
Se fera par-tout reconnoître ;
La France encor verra son Maître
Devenir l'arbitre des Rois.

C'est en vain, Sénat régicide,
Que tes fureurs contre ses jours
Arment une main parricide ! . . .
Le Ciel en protége le cours.
(1) LOUIS est frappé ! . . . Mais ton crime
Ne sert qu'à rendre la victime,
Plus chère aux Peuples effrayés.

---

(1) Le Roi fut assassiné à Dellingen peu après son depart de l'Armée.

Ces mêmes Romains, dont ta bouche
Ose vanter l'orgueil farouche,
Eussent mis le Monde à ses pieds.

Il te chérit, il te pardonne !
Il t'ouvre ses bras et son cœur !
Peuple ingrat, aux pieds de son Trône,
Abjure une trop longue erreur.
Rappelle-toi ces temps prospères,
Où, pour le bonheur de nos Pères,
LOUIS DOUZE leur fut donné.
Ton Roi, que l'Univers contemple,
Veut faire un jour, à son exemple,
Bénir son règne fortuné.

Mais ce LOUIS DOUZE qu'on aime,
Qu'on admire encor aujourd'hui,
Dans LOUIS NEUF trouva lui-même
Et son modèle et son appui.
Rives du Nil et de la Seine,
Chênes antiques de Vincenne (1),

(1) C'est au pied des chênes du Parc de Vincennes que le saint Roi rendoit la justice à ses Sujets.

Parlez, vous qui l'avez connu!
Quel cœur fut jamais plus sensible?
Quel Roi plus grand? .. Est-il possible
De pousser plus loin la vertu?

Le spectacle le plus auguste,
Qu'offre le Ciel à l'Univers,
Est, sans doute, l'aspect d'un Juste
Tombé du Trône dans les fers.
Des célestes intelligences,
Il sent les douces influences
Raffermir son cœur généreux.
Mais la terre, qu'un crêpe sombre
Voile au même instant de son ombre,
En conçoit un présage affreux.

Ainsi la France à la tristesse
Vit se mêler un prompt effroi,
Quand elle apprit, dans sa détresse,
La captivité de son Roi.
(1) O Mansoure! . . . affreuse journée!

---

(1) C'est dans le combat de Mansoure que Saint Louis fut fait prisonnier par les Sarrasins.

L'effort d'une rage effrénée
A fait succomber la valeur ;
Mais, par des hordes inhumaines,
LOUIS, chargé d'indignes chaînes,
Semble être encore leur vainqueur.

Cette image, à tout cœur sensible,
Hélas ! rappelle un souvenir
Qu'il faudroit, s'il étoit possible,
Dérober à tout l'avenir.
Cessons de rouvrir nos blessures,
Et que nos voix libres et pures
Célèbrent ces temps inouïs,
Où l'on vit un Peuple barbare,
Touché d'une vertu si rare,
S'attendrir aux pieds de LOUIS.

Quels souvenirs remplis de charmes,
Quels divins et touchans rapports
Font succéder à nos alarmes,
L'ivresse des plus doux transports !
Retraçons ces nobles images,
Des événemens et des âges
Rapprochons les divers tableaux;

Comme l'on voit, dans nos campagnes,
Les cieux, les forêts, les montagnes
Se peindre ensemble au fond des eaux.

Roi sensible, Chrétien sublime,
LOUIS pour son Dieu s'est armé,
Résolu d'aller, dans Solyme,
Délivrer le foible opprimé.
A détruire une Secte impie,
Son Fils a consacré sa vie,
Et, dans ses projets immortels,
La gloire où sa grande ame aspire,
Est moins de soumettre un Empire,
Que de relever les Autels.

Pour combattre l'idolâtrie
Et faire triompher la Foi,
Nos anciens Preux, à leur Patrie,
S'arrachoient et suivoient leur Roi.
C'est pour rendre à la France inculte,
Sa splendeur, ses Lois et son Culte,
Que nos magnanimes Guerriers,
Du sein d'une terre étrangère,
Sont contraints de porter la guerre
Jusques dans leurs propres foyers.

Louis, dont l'intrépide audace
Étonna même les Enfers,
Vit tous les Princes de sa race
Avec lui traverser les mers.
D'Artois... ô nom qui dans nos ames
Porte encor de nouvelles flammes,
Tu nous rappelles deux Héros :
(1) Le premier, mourut pour son Maître ;
L'autre, plus généreux, peut-être,
Brave les destins et les flots.

A le suivre, au sein des alarmes,
(2) Bourbon est encore appelé,
Bourbon, son digne Frère d'armes,
Et dont le sang pur a coulé.
Princes, idoles de la France,
Vous justifierez l'espérance
Et les vœux d'un nouveau Titus ;
Conduisez ses Guerriers fidelles,

---

(1) Le Comte d'Artois Frère de St. Louis fut tué à la bataille de Mansoure.

(2) On sait que Monseigneur le Duc de Bourbon suivit le Comte d'Artois à Gibraltar, et qu'il fut blessé à Bersteim en 1793.

Allez ; et que les plus rébelles
Soient désarmés par vos vertus.

D'Angoulême avec vous partage
Tous les voeux d'un Peuple attendri ;
Pour nous retracer votre image,
Nous avons d'Enghien et Berry.
Divinités des grandes ames,
Honneur, Amitié, de vos flammes
Embrasez le sang de nos Rois.
Le Ciel veut, qu'aux bords de la Seine,
CONDÉ, l'heureux CONDÉ ramène
Toutes les vertus à la fois.

Par M. TEZMONVILLE, Chasseur
Noble, Comp.e N.o 16.

ÉPITRE

A M. DE V... Auteur de plusieurs Piéces de ce RECUEIL.

HEUREUX enfant d'Apollon,
Vous dont la muse légère,
Se pliant à chaque ton,
Sait nous instruire et nous plaire;
Vous, dont les doctes écrits,
Tour à tour, sur notre scène,
Montrent Thalie et les Ris,
Ou l'altière Melpomène,
Vous verrez ce jour heureux,
Où la Seine fortunée
Bénira sa destinée,
Sous un Prince vertueux.
Alors, l'Amour et les Jeux,
Délaçant, d'un air folâtre,
La cuirasse de nos Preux,
Au son d'un sistre joyeux,

Les conduiront au théâtre.
Dans ce magique séjour,
Où les enfans du Génie
Tiennent leur savante cour,
Pour embellir notre vie,
Vos sens émus, satisfaits,
S'enivreront du succès
De votre ESTELLE divine (1);
Et, redevenu Français,
Tout ce bon Peuple à jamais
Chérira votre Héroïne.
Le charme de vos accords,
Rappellera sur ces bords,
Ces temps de Chevalerie
Où les Guerriers, les Amans,

---

(1) ESTELLE DE MONTFORT, Drame lyrique. Cette Piéce de théâtre n'a de commun avec la Pastorale de Mr. de Florian que le nom d'ESTELLE : du reste le genre et le sujet sont absolument différens. M. de Florian nous a développé dans sa Pastorale tout ce que ce genre peut avoir d'aménité et de graces; et M. de V... en créant dans son ESTELLE un sujet de Chevalerie, nous a peint les mœurs de ce temps antique que nous regrettons, avec le pinceau le plus majestueux et le plus fait pour rendre la sensibilité, joint à l'intérêt continuel et toujours croissant de l'action, et à l'effet le plus théâtral.

Entre leur Roi, leur Amie,
Partageoient tous leurs momens ;
Oui, ce don de la Nature,
Le feu sacré du talent,
Lorsque la raison l'épure,
Est tel qu'un Dieu bienfaisant ;
Il dispose de notre ame,
Il l'agrandit, il l'enflâme,
Il fait naître les Héros ;
Les vers du Chantre d'Achille,
Furent la source fertile
Des plus glorieux travaux.
Si, dans ma triste Patrie,
Après de longues douleurs,
Ma main peut sécher les pleurs
De la plus tendre des sœurs,
Et d'une mère chérie,
Sur l'automne de ma vie,
Muses, jetez quelques fleurs ;
Que leurs suaves odeurs,
Calmant mon ame inquiète,
Me fassent, dans ma retraite,
Retrouver quelques douceurs.
Loin du tumulte des armes,
Si l'amitié, de ses charmes,

Embellissoit mon séjour,
Je dirois avec délire :
D'aujourd'hui seul je respire ;
Ainsi, le flambeau du jour,
Prêt à finir sa carrière,
D'une plus vive lumière
Dore les monts d'alentour.

Par M. DUC....

O D E (*)

SUR LA MORT DE CATHERINE II, IMPÉRATRICE DE TOUTES LES RUSSIES.

D'OU sont partis ces cris sinistres?
Quels sons plaintifs frappent les airs!
Dieu juste et vengeur, tes Ministres
Vont-ils ébranler l'Univers?
Porté sur des nuages sombres,
On a vu, dans l'horreur des ombres,
De la mort l'Ange redouté;
Sorti du ténébreux abîme,
Il plane et cherche sa victime
Autour du Pôle épouvanté.

Il s'avance... il poursuit sa course;
Le trait fatal part de ses mains!

(*) Cette Ode a concouru pour le prix proposé à Hambourg.

Ainsi, du Midi jusqu'à l'Ourse,
Le sort opprime les Humains !
Le Sud est en proie aux alarmes;
Un coup plus prompt, source de larmes,
Du Nord a brisé tout l'orgueil;
C'en est fait ! ... CATHERINE expire !
Le jour où finit son empire,
Couvre l'Univers d'un long deuil.

Paroissez autour de sa tombe,
Ombres des Heureux qu'elle a faits;
Vous pouvez, quand elle succombe,
Dévoiler enfin ses bienfaits.
Je vois sur son urne sacrée,
Des Beaux-Arts la troupe éplorée
Briser ses pinceaux et ses traits.
O vous, que ce spectacle anime,
Offrez-nous le tableau sublime
De sa gloire et de nos regrets.

Aux vices l'ignorance unie,
Tenoit vingt Peuples dans ses fers.
Pierre paroît, et son génie
En Cités change les déserts.
La Baltique ouvre ses rivages,
Sur les débris de cent naufrages

S'élèvent

S'élèvent des remparts nouveaux ;
Où la Newa (1) moins vagabonde,
Avec les richesses du Monde,
Porte le tribut de ses eaux.

Nos jours ne sont pas la mesure
Des vastes projets d'un Héros ;
Il légue à la race future,
Et son exemple et ses travaux.
Le Soleil qui, dans sa carrière,
Nous verse à grands flots sa lumière ;
S'éteint dans la profonde nuit ;
Mais dans cette course rapide,
Il prépare le sol aride,
Aux bienfaits du jour qui la suit.

Il étoit temps que la Russie
Vît paroître un Astre nouveau ;
Sa gloire s'étoit obscurcie ;
Elle avoit perdu son flambeau.

---

(1) On sait ce qu'il en coûta à Pierre-le-Grand pour resserrer le cours de la Newa, pour dessécher les marais que formoient ses eaux croupissantes, et pour élever les murs de Petersbourg.

Brillant d'une Aurore nouvelle,
Le Nord d'une nuit éternelle
Devoit craindre encor le retour;
Semblable à ces Zones funèbres,
Que pendant six mois aux ténèbres
Dispute en vain l'Astre du jour.

Sur le Trône de Czars assise,
Une Femme voit à ses lois,
La moitié du Globe soumise
Et devient l'exemple des Rois.
Qu'on ne traite plus de prestiges,
Tout ce qu'on nous dit des prodiges
Et de Minerve et de Cérès;
Catherine, tes mains puissantes,
Ont peuplé des villes naissantes;
Le soc s'est ouvert les forêts.

Les rians climats de l'Ukraine
Donnent de plus riches moissons;
Le Lapon, avec moins de peine,
Les voit germer sous ses glaçons;
D'Archangel aux bords de la Perse,
Des canaux ouverts au Commerce,

Rapprochent vingt Peuples heureux;
Et Catherine, sur la Terre,
Image du Dieu du Tonnerre,
Les voit tous, et veille sur eux.

Mais c'est trop peu pour sa grande ame,
Ce soin de leur félicité,
Qui toujours l'agite et l'enflâme;
S'étend sur leur postérité.
Dans les climats les plus sauvages,
Des lois aussi justes que sages,
Ont fait le bonheur des Humains;
Thémis affermit sa puissance;
Et, pour protéger l'innocence,
A mis son glaive entre ses mains.

Eh quoi! du Couchant à l'Aurore
Ses vaisseaux traversent les mers!
Ils triomphent sur le Bosphore!
Tous les chemins leur sont ouverts.
Assis sur des rochers sauvages,
Neptune enchaîne les orages,
Et lui soumet les élémens;
Tandis qu'armés de sa puissance,

Ses Guerriers jusques dans Bizance
Font trembler les fiers Ottomans.

Pour qui sont ces Fêtes publiques ?
Orné, brillant de mille feux,
Kherson (1) des Triomphes antiques
Retrace la pompe à nos yeux.
Plus fier dans ses grottes profondes,
Le Tanaïs (2) voit sur ses ondes
L'objet touchant de ces transports;
Est-ce Vénus ou Cléopatre,
Que de leurs beautés, idolâtre,
Attend le Peuple de ces bords ?

---

(1) Catherine, dans son voyage en Crimée fut reçue à Kherson avec des honneurs qui retraçoient les Fêtes des Romains. On avoit dressé un arc de triomphe sur lequel on lisoit ce Vers :

C'est ici le chemin qui conduit à Bizance.

(2) Catherine dans le même voyage descendit le Tanaïs, aujourd'hui le Don, sur une gondole magnifique, aux acclamations des Peuples qui accouroient en foule sur son passage. On sait que la fameuse Cléopatre descendit ainsi le Cydnus lorsqu'elle vint trouver Antoine.

C'est l'immortelle Catherine
Qui reçoit un si pur encens.
Les Peuples devant leur Czarine
Baissent leurs fronts reconnoissans.
Elle triomphe !.. Homère, Euclide,
Solon, Démosthène, Euripide,
Sortent de la nuit du tombeau.
Ils savent tous que sa sagesse,
Des beaux jours de l'ancienne Grèce,
Voudroit rallumer le flambeau.

Arrêtez, malheureux Sarmates (1);
Pourquoi, par vos propres fureurs,
Sans cesse embrâser vos Pénates,
Et chérir vos folles erreurs?
L'horreur des guerres intestines
A trop long-temps, sous des ruines,
Étouffé les Lois et les Arts.
Goûtez enfin des jours tranquilles;
Catherine a soumis vos villes;
Le bonheur suit ses étendards.

---

(1) Les Polonois qui habitent l'ancienne Sarmatie.

Le Dieu qui commande aux tempêtes,
S'annonce au milieu des éclairs,
Sa foudre éclate sur nos têtes,
Sa puissance embrâse les airs;
Mais, s'il dépose son tonnerre,
On voit aussi-tôt sur la terre
Éclore de nouveaux bienfaits;
Et sa féconde Providence
Nous révèle un Dieu de clémence,
Quand il a puni nos forfaits.

A l'exemple de Catherine,
Allez donc, superbes Vainqueurs,
Retracer la bonté Divine;
Allez conquérir tous les cœurs.
Les plus beaux monumens périssent.
Ceux qui dans les cœurs s'affermissent,
Triomphent de la nuit des temps.
Tel on voit briller sur le Monde,
Cet Astre (1) qui jamais dans l'onde,
Ne plonge ses feux éclatans.

---

(1) L'Étoile Polaire.

Les Arts que son génie excite,
Annoncent au loin sa grandeur.
Sa Cour et les lieux qu'elle habite,
Sont tous remplis de sa splendeur.
Je vois sous des voûtes de glaces (1),
Les hivers réunir les Graces,
Dans des Palais éblouissans,
Où de mille clartés, brillante
La nuit offre à la vue errante
Des plaisirs toujours renaissans.

Où suis-je ? . . Des flambeaux funèbres,
A nos yeux brillans à leur tour,
Nous montrent, au sein des ténèbres,
Un objet d'horreur et d'amour.
Elle n'est plus cette Héroïne,
Présent qu'à la bonté Divine
Redemandent nos cœurs émus.
Ses sujets pleurent sur sa cendre,
Et ne cessent de faire entendre
Ce cri touchant... elle n'est plus !

---

(1) On sait que Catherine donnoit des Fêtes magnifiques dans des Palais construits au milieu des glaces de la Newa.

Elle n'est plus! . . . sous ses trophées
Que de monstres sont abattus!
L'envie et la haine étouffées,
Rendent hommage à ses vertus!
Quoi! ce cœur brûlant pour la gloire;
Ce front où brilloit la victoire,
Sont dans la tombe ensevelis!
Non : elle a fini sa carrière;
Mais son ame vit toute entière,
Elle respire dans son Fils.

Par M. DE TEZMONVILLE, Chasseur Noble, Comp.e N.o 16.

LA SALE PÉNITENCE.

CONTE LANGUEDOCIEN

Tiré de M. DU CH....

JE n'ai besoin de vous le dire,
Discours ne sentent pas ; fort bien vous le savez :
Écoutez-moi, si vous aimez à rire ;
Pouvez m'ouïr sans vous boucher le nez.
En Languedoc, dans un petit Village,
Un bon Curé, zèlé pour son troupeau,
Prêchoit toujours dans le hameau,
Que fille et garçon, à tout âge,
Devoient bien se garder de goûter les plaisirs
Qu'inventa pour nous perdre, au gré de ses désirs,
Le Démon du libertinage.
L'arrêt est d'un bourreau, dont l'humeur trop sauvage
Veut que l'ennui se mêle à nos tristes loisirs.

Mais, la peur de l'Enfer, du Diable et des chaudières,
Fait grand effet dans les chaumières,
Quand on en rit dans le Château ;
Car le vice qui hait ces vérités grossières,
Se trouve beaucoup mieux du systême nouveau.
Fille à seize ans, rarement est novice ;
On n'en voit plus, à la Ville, à la Cour :
Pour en trouver avec moins de malice,
Je vais chercher bien loin de ce séjour.
Des sermons du Curé, Jeannette fit usage :
L'Enfer la fait trembler ! Jeannette est jeune et sage.
Plus d'un garçon tourne et tourne à l'entour,
Ah ! c'est pécher que de faire l'amour,
Dit-elle, et pour cela faut faire pénitence.
Mais un garçon, adroit et fort malin,
(Car vous saurez qu'il étoit de la Ville)
Comprenant fort qu'il est bien moins utile
De babiller, que d'aller droit son train,
Guette Jeannette, et loin de son Village,
Il la saisit, et sous l'ombrage
Veut l'entraîner ; pour fléchir le brutal,
Qui la retient et qui l'embrasse,
Jeannette en vain pleure et demande grace,
Quoiqu'à coup sûr on ne lui fît pas mal.
Mais le cruel, que rien ne touche,

Donne et ravit cent baisers à sa bouche;
Ivre d'amour, sans savoir ce qu'il fait,
Son œil pétille, et sa main libertine,
Sans avoir peur de rencontrer l'épine,
Cherche la rose au fond de son corset.
Que disois-tu, trop aimable Jeannette,
Quand on palpoit tes deux jolis tetons,
Blancs comme lait, durs, grasselets et ronds,
Et malgré toi faisant cent petits bonds ?
Hélas! alors ta langue fut muette,
Tant de l'Amour tu craignois les leçons.
De l'autre main... Jeanne se crut perdue!
Et, franchement, il s'en fallut bien peu;
Car si sa sœur ne fût vîte accourue....
La pauvre enfant!... elle jouoit gros jeu.
Pleine d'effroi de sa mésaventure,
Elle promit de fuir tous les garçons;
Car elle vit, qu'en telle conjoncture,
Certain désir qu'inspire la Nature,
Est bien plus fort que la peur des Démons.
Voici le temps, où chacun se confesse;
Jeannette vient, et, d'un air tout honteux,
Se met au loin, laisse passer la presse;
On voit les pleurs inonder ses beaux yeux.
Son tour arrive; elle approche, se signe,

N'ose parler ; mais son désordre insigne ;
Son œil baissé, sa crainte, sa rougeur,
Disent d'abord le secret de son cœur.
Allons, dit le Curé, tout en faisant un geste ;
Dites le plus épais ; puis nous verrons le reste.
Hélas! Monsieur! ... vous ... saurez qu'un garçon,
Jeune... bien fait ... malin comme la peste,
Nous ... étions seuls ... lui, sans tant de façons ;
D'une main immodeste,
Et me serre et me prend :
Il touche tout. — Ma fille, on se défend,
Dit le Curé, d'une voix fort émue :
Si vous aviez voulu,
Je crois bien que le loup ne vous eût pas mordue.
Monsieur! il ne m'a point mordue.
Je tremblois comme un jonc, et je mourois de peur
En voyant le danger que couroit mon honneur.
Heureusement, ma sœur
A mon secours est accourue.
Rendez graces au Ciel, Jeanne, dit le Prieur.
Hélas! un fil léger retient seul notre honneur :
Il ne faut qu'un garçon, avec son insolence,
Pour vous ravir l'aimable fleur
De la précieuse innocence.
Bientôt je vous verrois la fille du Démon!

Dites, *meâ culpâ* ; . . faut faire pénitence,
Et puis au Dieu très-bon, bien demander pardon.
Je pense, mon enfant, que vous voulez lui plaire;
Oui, n'est-ce pas? . . Eh bien! attrapons le garçon.
Et puisque c'est un polisson,
Jeanne, écoutez ce qu'il faut faire.
C'est un bon tour . . . pour éviter l'enfer.
Il seroit hors de sens de prendre un certain air,
De m'en vouloir, de se montrer mutine.
Écoutez donc, et, sans faire la mine,
Obéissez, si craignez Lucifer.
Prenez de ce parfum, qu'au nez de Jupiter,
Fort incivilement, l'ambassade canine
Offrit à la Troupe divine,
Comme le dit Ésope; ou, pour parler plus clair,
En mettant de côté la payenne doctrine,
Et tous les contes de jadis,
Prenez ce que dans le pays,
Pour parler net, on nomme . . . oh! cela se devine! . .
Tout bonnement; prenez, et, sur vos tetons blancs,
Mettez-en bien; vous vous tiendrez voilée;
Si la main du Galant se refourre dedans,
Il l'ôtera bien emmiellée.
Cela se sent; c'est vrai; mais c'est le seul des maux
Que cela fait; vous, qui n'avez la force

De résister aux piéges infernaux,
Assurez bien ainsi votre repos.
Plus ne sera friand de remordre à l'amorce,
C'est sûr : pour plaire à Dieu, las! Jeannette promit
De faire tout ce que le Prieur dit.
En vain son cœur se soulève d'avance.
Pour éviter les griffes du Démon,
Faut immoler la répugnance,
Et dans ses points suivre la pénitence.
Que le Galant soit près ou non,
Qu'il cherche le corset, qu'il trousse le jupon,
Je me tairai; ce n'est plus mon affaire :
Devinez-la, si votre nez est fin.
Quand je saurois de vous déplaire,
Je veux mener mon conte vers la fin.
Le dirai donc; ce remède funeste,
Devenu pire que le mal,
Répand dans la maison, un effroi sans égal :
On s'interroge, on craint.. on croit sentir la peste.
Tous les parens sont convenus
De consulter la Médecine.
Déjà les Docteurs sont venus.
Chacun parle, et puis examine :
Alors, dites-moi; qui l'eût cru?
Après avoir bien débattu,

La docte Faculté devine
Que c'en étoit; mais tout de bon
Elle promet la guérison :
Mais elle veut apprendre la raison
D'un tel topique, et de sa cause;
On découvre le pot à rose ;
Murmures contre le Curé ;
A l'Évêque, la parenté
De point en fil conte l'affaire :
Il rit sous cape; mais pourtant
Il trouve le crime assez grand,
Pour envoyer au Séminaire,
Le Prieur insensé, dont le cruel avis,
Contraire au vœu de la nature,
Avoit, sous une vile ordure,
Osé cacher les roses et les lys.

Par M. le Ch.^er^ DE QUERELLES,
Chasseur Noble, N.° 7.

OBER-KAMLACK.

ROMANCE.

ENVIRONNÉ de Guerriers magnanimes,
On vit jadis le Barde de Selma,
Consacrer, par des chants sublimes,
Les noms des Héros qu'il aima;
Ainsi que lui, je veux à la mémoire
Faire passer les noms des Chevaliers,
Qui, sous les drapeaux de la Gloire,
Ont succombé sur des Lauriers.

Lorsque la mort, au milieu des ténèbres,
A moissonné les Chevaliers Français;
Muse, par des accens funèbres,
Viens éterniser nos regrets.
Et vous, à qui tout Mortel rend les armes,
Sexe adoré, qui captiviez leurs vœux,
Écoutez-moi verser des larmes
Sur l'urne sanglante des Preux.

De

De leurs aïeux suivant les nobles traces,
Souvent trahis mais jamais abattus,
Orgueilleux même des disgraces
Que leur suggèrent leurs vertus,
Quand des Français en semant l'épouvante,
Ont dévasté les plus riches États,
De leur Cohorte triomphante
Des Preux vont arrêter les pas.

CONDÉ leur parle ; ils agitent leurs armes,
Entre leurs mains brille un glaive vengeur,
Chacun veut, au sein des alarmes,
Cueillir les palmes de l'Honneur ;
Jour glorieux, enfin tu vas éclore,
Jour que désire et que craint leur valeur,
Où leur main va répandre encore
Un sang toujours cher à leur cœur.

Brûlant du feu qui toujours les anime,
Quand aux combats ils suivent les Bourbons,
Des aveugles soutiens du crime,
Ils vont frapper les Bataillons;
L'éclair à lui; la phalange intrépide
D'Ober-Kamlack repousse l'énnemi,

Ainsi fuit un troupeau timide
Devant un lion aguerri.

Mais de la nuit le voile encore trop sombre
Des ennemis nous cache les desseins,
Et favorisés par son ombre,
Ils portent des coups plus certains;
Vifs et bouillans, les Chevaliers s'élancent;
Leurs cris guerriers des airs troublent la paix:
Hélas! les premiers qui s'avancent
Tombent percés de mille traits.

Tel emporté par un excès de zèle,
Près de Mansour, nos Pères autrefois,
Virent sous le glaive infidèle
Périr le triomphant d'Artois;
Le fer tomba de sa main défaillante....
Ainsi des Chevaliers Français,
L'intrépidité trop ardente
Fut un obstacle à leurs succès.

Loyal Guerrier, toi, dont la calomnie
Osa souvent noircir les sentimens,
O Du Goulet, tu perds la vie

Sur tes Frères d'armes mourans ;
Mais, sans songer à la blessure affreuse,
Qui pour jamais va te fermer les yeux,
Ton ame noble et généreuse
Ne songe qu'au danger des Preux.

J'ai vu tomber l'infortuné Boursière,
Vieillard blanchi sous les tentes de Mars,
Il a terminé sa carrière,
Sous nos belliqueux étendards ;
Prêt à fermer sa mourante paupière
Le vieux Guerrier, en embrassant ses fils,
Leur dit, consolez votre mère,
Et vivez pour venger LOUIS.

D'Anjou n'est plus et Calbiac expire,
A ses côtés Le Chauff est étendu ;
La mort sur tout ce qui respire
Exerce un pouvoir absolu ;
Mucey, Maisons, Thieriat, d'Amfreville,
Chabot, Monti, Lansalut, Saint-Germain,
La Perelle, Nollent, d'Orville,
Subissent le même destin.

Toi qui, des bras d'une Épouse chérie,
Sus t'arracher pour voler aux combats,
Quel coup frappera ton amie,
Quand elle apprendra ton trépas?
O Vauquelin, ton sublime génie
N'arrête pas la furreur d'Atropos,
Et le maître de l'Harmonie
Tombe sur le lit des Héros.

Comme le Lis, ornement du bocage,
Se flétrit, tombe au retour des Hivers,
Tel, atteint au printemps de l'âge,
Par le souffle impur des Pervers
De Bay périt; ses talens, sa jeunesse,
N'ont pu fléchir le destin rigoureux;
Pleurez, Naïades du Permesse,
Il ne chantera plus les Preux.

Sous ce Sapin dont la triste verdure
Couvre des lieux plus lugubres encor,
Quels sont ces Preux dont la nature
Et l'amitié pleurent le sort?
Je reconnois Cumon, La Bertinière,
Panevinon, Pennelé, d'Hardeval,

Et près d'eux d'Estaing et Navère,
Tombent, atteints du plomb fatal.

Toi qui, couvert d'honorables blessures
Guidois nos pas, valeureux Duchilleau *,
Faut-il donc que des mains impures
Te précipitent au tombeau ?
Des Chevaliers en vain la voix t'appelle,
La pâle mort a glacé ton grand cœur;
Et, ceint d'une palme immortelle,
Tu vas au séjour du bonheur.

Dans ces vallons que la Gardacupe arrose,
Saules pleureurs, consacrés aux tombeaux,
Sur la pierre où Tendau repose,
Baissez vos flexibles rameaux;
Il a péri : sa veuve infortunée
Au Ciel en vain demande son retour,

(*) Dans un moment d'incertitude sur ce qu'on devoit faire, on appeloit de toutes parts M. le Comte Duchilleau, mais il n'étoit déjà plus. Il n'a jamais été un plus bel éloge funèbre que cette marque de confiance que donna la Noblesse à ce Général, dans une circonstance aussi critique.

Tristes enfans, cette journée
Enlève un père à votre amour.

Sous le Héros, si cher à la Patrie,
Toi qui jadis as combattu sept ans,
Renusson, la Parque ennemie,
N'épargne pas tes cheveux blancs;
O jour cruel, ses fureurs implacables,
Frappent sans choix l'esprit et les vertus,
Clio, Clio, brise tes tables;
Le savant d'Arminot n'est plus.

Mais quand ma voix dans ce jour déplorable
Par ses accens attendrit les échos,
De Condé la troupe indomptable,
A déjà vengé ses Héros;
L'ennemi fuit à travers la campagne,
Il craint le bras de ses nobles rivaux,
Les Lis brillent sur la montagne,
Où flottoient de sanglans drapeaux.

Au haut des Cieux Henri plane en silence,
Son cœur gémit du succès des Guerriers
Dont le plus pur sang de la France,

Rougit les funestes lauriers;
Jour désastreux. . . Inutile victoire
Qui fait couler des larmes de nos yeux,
Faut-il qu'un phantôme de gloire
Coûte la vie à tant de Preux.

Ils ne sont plus. . . Ces illustres victimes
De leur amour, de leur fidélité,
Loin du séjour affreux des crimes,
Volent à l'immortalité;
Et quand les traits des hordes effrénées
Les ont atteint dans ce jour de douleur,
Leurs vertus furent couronnées
Par un Dieu rémunérateur.

Ah! si nos voix tendres et langoureuses
Peuvent percer les célestes lambris,
Ombres chères et glorieuses,
Daignez écouter vos amis;
Nous vous offrons, dans ces momens horribles,
Et nos soupirs, et nos tristes sanglots:
L'hommage des ames sensibles
Pourroit-il déplaire aux Héros?

Vous tous, Guerriers, dont les cœurs intrépides
Ont de la mort bravé toute l'horreur,
Vous, que le bras des régicides
Enlève à l'amour, à l'honneur,
Ah ! si ma lyre, et timide et tremblante,
N'a pu chanter votre mort, vos exploits,
Pardonnez, ma muse est mourante,
Et la douleur éteint ma voix.

Sur ce tombeau, que la mélancolie
Vient d'entourer de funèbres cyprès,
Ah ! que le burin du Génie
Grave vos noms et vos regrets ;
Et quand Phœbé, dans sa course nocturne,
Invitera les Mortels au repos,
Nous viendrons tous pleurer sur l'urne
Où sont les cendres des Héros.

Par M. DE G*** Chasseur
Noble, Comp. N.° 17.

LA FOLLE GAGEURE.

CONTE MORAL.

O mes Amis, quand nous étions enfans,
On nous parloit souvent des Revenans,
Et le plaisir d'entendre ces merveilles,
Tenoit ouverts nos yeux et nos oreilles.
Aux Revenans, si nous ne croyons plus,
Si nous marchons sans peur dans les ténèbres,
Du souvenir de ces contes funèbres,
Il naît pourtant un sentiment confus,
Qui, dans nos cœurs portant un trouble extrême,
De nos tombeaux est le gardien suprême.
Ne badinons jamais avec les morts.
Aux Revenans nous ne devons pas croire;
Mais, n'allons pas, hommes vains, esprits forts,
De les braver nous faire honneur et gloire.

Au coin du feu, la rigueur des frimats,
Loin de la France, arrête encor nos pas.

En attendant ces jours où la victoire
Des Gens de bien, sur nos cruels Brigands (1),
Doit les contraindre à croire aux Revenans,
O mes amis, écoutez cette Histoire.
Dans ces beaux jours où l'empire des Lis
Sur ses voisins levoit sa tête altière,
Où nos climats, par les Arts embellis,
Donnoient le ton au reste de la terre,
On ne parloit, dans le pays Gascon,
Que de Fabrice, Aimar et Desanières,
Tous trois connus, dans cet heureux canton,
Pour y donner les airs et les manières
Qu'il faut avoir, pour être du bon ton.
On admiroit les modes singulières,
L'esprit, le goût et le nouveau jargon,
Que de Paris, aux bords de la Garonne,
Ils avoient su rapporter à propos,
Pour corriger ces bons Provinciaux,
Et réformer leur allure Gasconne.
Les Gens sensés ne trouvoient pas très-bon
Que l'on voulût, par de telles réformes,
Changer les mœurs et les antiques formes,

(1) On sent assez qu'on veut parler des Jacobins.

Qui, d'un Anglais, d'un Picard, d'un Breton,
Ont toujours fait distinguer un Gascon.
Mais on sait bien que la nouvelle mode
Est un torrent qui doit avoir son cours.
Au temps présent, le Sage s'accommode,
Le bon goût passe ; on y revient toujours.
Quoi qu'il en soit, c'étoit d'un seul caprice
De nos trois Fats, qu'il dépendoit alors.
Mais c'étoit là le moindre de leurs torts,
Car ils vouloient passer pour esprits forts;
Et l'on sait trop quel sens donne le vice
A ces grands mots, que tous nos bons aïeux,
Sans le savoir, définissoient bien mieux.
C'étoit, chez eux, ce sublime courage
Qui fuit l'orgueil, qu'affermit la vertu,
Qui, toujours ferme au milieu de l'orage,
Par les revers ne peut être abattu.
C'est aujourd'hui cette Philosophie,
Qui, de la terre et du ciel ennemie,
Cherche à couvrir l'auguste Vérité,
Du voile affreux de l'Incrédulité.
De nos Gascons, telle étoit la folie.
S'imaginant devoir être au-dessus
Des préjugés des usages reçus,
A tout fronder, ils avoient mis leur gloire,
Doutoient de tout, et ne vouloient rien croire.

Mais cet orgueil, et ces prétentions
De tout soumettre à leurs opinions,
Prétentions toujours insupportables,
Trouvoient par fois des Censeurs équitables,
Qui relevoient leurs contradictions,
Et dès long-temps se travailloient la tête,
Pour leur prouver qu'un tour de carnaval
Peut quelquefois faire la crête
A l'esprit fort, qui se croit sans égal.
Belfort sur-tout, qui se croyoit lui-même
Aussi rusé que le fin renard,
Dans ses filets, par un beau stratagême,
Avoit promis de les prendre avec art.
L'occasion en eût été, peut-être,
Plus difficile à trouver qu'on ne croit.
A ses dépens, le trio mal-adroit,
Sans y penser, lui-même la fit naître.

Un jour enfin, c'étoit en carnaval,
Temps où chacun prend un masque à sa guise,
Où le Plaisir, pour folâtrer au bal,
Sous mille traits, lui-même se déguise,
L'occasion de commettre le mal,
Leur inspira le dessein peu loyal
De travestir, sous d'étranges figures,

Leurs traits, leur voix, et toutes leurs allures,
Non pour courir de bonnes aventures;
Ce passe-temps n'eût eu rien de piquant,
Mais à dessein d'aller secrétement
Épouvanter ces pieux Solitaires,
Qui, de François suivant les lois austères,
N'ont ici bas de bien que leur Couvent.

La vive Églé, la folâtre Eugénie,
Une nombreuse et bonne compagnie
De Courtisans, à leur plaire assidus,
A ce projet, à cette fantaisie,
Ont applaudi.... Chez ces Moines tondus,
Aller ainsi jouer la comédie !....
L'invention est un tour de génie !
Pour cet effet, on convient qu'à minuit,
Nos trois Héros, sans tumulte et sans bruit,
Iront franchir les murs du Monastère,
Que chacun d'eux, dans le Cloître introduit,
Prendra la forme et la voix ordinaire
D'un Revenant, et qu'ensuite il ira
Du haut en bas, du Dortoir à l'Eglise,
Criant d'un ton à frapper de surprise
Et de terreur, celui qui l'entendra;
Ah! par pitié, chantez un Libera.

Telle on peut voir encore à l'Opéra (1),
D'un petit coin sortir l'ombre d'Anchise.

Les voilà donc qui s'affublent tous trois
Des attirails du froc de Saint François,
Ceints d'un cordon, couverts d'un scapulaire,
A leurs côtés portant un long rosaire,
En Cordeliers, en un mot, travestis.
Pour rendre enfin l'illusion complette,
Et parvenir à leur but, ils ont pris
Le masque hideux d'un horrible squelette.
Leurs capuchons, d'un noir à faire peur,
Mis par-dessus ces figures funèbres,
Font ressortir leur livide pâleur.
Pour dissiper devant eux les ténèbres,
Ou bien plutôt en augmenter l'horreur,
Qui le croiroit? au lieu d'une lanterne,
Ils ont en main, un crâne d'un blanc terne,
D'où sort à peine une foible lueur.
De ce flambeau, la clarté pâlissante
Semble, autour d'eux, répandre l'épouvante.
On ne peut mieux enfin représenter
Des Revenans, et l'on ne peut douter,

(1) Voyez Didon, Tragédie Lyrique.

Que le succès à leur vœu ne réponde,
Et dès le jour n'amuse tout le monde.
Le seul Belfort, de leur projet, contr'eux
Songe en lui-même à tirer avantage.
L'occasion s'offre au gré de ses vœux.
Il va bientôt éprouver leur courage,
Ou voir enfin, par un dédit honteux,
Tout leur orgueil céder au persifflage.
« Ah! c'est pousser trop loin le badinage,
» C'en est assez, leur dit-il; croyez-moi,
» Et n'allez pas faire mourir d'effroi
» Ces bonnes Gens, au fond de leurs cellules.
On lui répond : « Eh! quand cela seroit,
» En faudroit-il avoir quelques scrupules?
» Tant pis pour eux, s'ils sont assez crédules
» Pour croire encore! . .— Hélas! qui n'y croiroit,
» En vous voyant déguisés de la sorte,
» Reprend Belfort? Sur l'ame la plus forte,
» La mort toujours fait des impressions! . . .
» Vous même enfin, en auriez peur : — à d'autres,
» Repliquent-ils; non, des illusions
» Ne trompent point des yeux tels que les nôtres.
— » Je crois pourtant que, dans l'occasion,
» Vous avoueriez que j'ai quelque raison
De soutenir . . . . Vous riez; prenez garde.

En ce moment, Belfort, que l'on croit fou,
Avec mystère offre à leurs yeux, un clou,
Que tour à tour chacun touche et regarde.
» Ce clou, dit-il, va, par un art nouveau,
» Nous dévoiler, au-delà de quel terme,
» Un esprit fort se sent enfin moins ferme,
» Et se remet avec nous de niveau. »

A ce début, qui promet des merveilles,
Vous eussiez vu se dresser les oreilles.
De son discours, Belfort reprend le fil.
» Ces jours passés, vous le savez, dit-il,
» On enterra le Frère Boniface,
» Ce vieux Portier, cet Argus vigilant,
» Qui jour et nuit veilloit pour le Couvent,
» Et vous eût fait une horrible grimace,
» S'il vous eût vu dans cet accoutrement.
» Tout mort qu'il est, son ombre toujours veille;
» Rien n'est plus vrai: pendant que tout sommeille,
» Des sombres bords lui-même revenant,
» Sort du cercueil où sa cendre repose.
» Nous ne savons, ni pourquoi, ni comment,
» En certains temps arrive telle chose;
» Mais ce qu'on sait, c'est que ce clou fatal
» S'est détaché de son lit sépulcral.

» Or

» Or, qui de vous, pour le remettre en place,
» Bravant l'horreur et la nuit du tombeau,
» Auroit le cœur, ou, disons mieux, l'audace
» De pénétrer jusqu'au fond du caveau ? . . .
» Ce sera moi, répondent-ils ensemble.
» Un seul suffit, leur réplique Belfort;
» Arrangez-vous, ou bien tirez au sort.
» Quoi qu'il en soit, pour l'un de vous je tremble;
» Eh! dit Aimar, quand la Communauté
» Avec vous-même y seroit toute entière,
» Je n'en serois pas plus épouvanté.
» Je serois là comme au Festin de Pierre.
» — Je le conçois; qui n'est pas assez fou
» Pour en craindre un, ne craint pas le grand nombre.
» Mais iriez-vous sous cette voûte sombre,
» Seul, et muni d'un marteau, de ce clou...
» Je vous entends; au mur clouer une ombre ! . . .
» Répond Fabrice, en riant aux éclats.
» Non, point du tout; écoutez-moi, dit l'autre,
» Avec le ton, le sang froid d'un Apôtre.
» — Eh bien! voyons; — iriez-vous de ce pas
» Frapper trois fois sur le cercueil du Frère,
» Qui, toujours prêt, tant qu'il fut ici-bas,
» Au moindre coup, ouvroit le Monastère ?

» Vous me direz qu'il ne répondra pas;
» Frappant alors ce clou d'une main sûre,
» Oseriez-vous, dans ce triste cercueil,
» L'enfoncer? . . . — Oui, j'en ferois la gageure.
» — Je n'aurois pas ce téméraire orgueil.
» Vous m'étonnez, et contre vous je gage. »

Dans tous les jeux, c'est ainsi qu'on s'engage.
Qui ne connoît l'amour-propre irrité?
Quel est l'obstacle à sa témérité?
Il n'est pour lui de léger badinage.
Le fier Fabrice obtient enfin du sort,
L'insigne honneur d'aller braver la mort
Jusques au sein de sa sombre demeure.
Tous les témoins sont choisis, et l'on part.
Des murs épais sont un foible rempart,
Qu'on escalade, et qu'on franchit sur l'heure.
Les chiens d'abord, par le bruit avertis,
Au-devant d'eux, en aboyant, coururent;
Mais nos Héros, en Moines travestis,
N'en eurent peur, et si bien les reçurent,
Qu'en peu d'instans les Cerbères se turent,
Reconnoissant le froc de Saint François.

Du Ciel alors la voûte nébuleuse,
Ne renvoyoit qu'une clarté douteuse.

L'astre qui passe et revient tous les mois,
La Lune enfin qui sur certains endroits
Laissoit briller sa lumière trompeuse,
Par ses reflets sembloit rendre à la fois
Et plus lugubre et plus silencieuse,
L'ombre des murs, par la neige blanchis.
De l'astre au loin les rayons réfléchis
Y répandoient une horreur ténébreuse,
Des Vents fougueux siflans de toutes parts,
Sembloient encor ébranler l'édifice.
Tout effrayoit l'oreille et les regards.
Sans se troubler, l'intrépide Fabrice,
Traverse seul ses noires profondeurs.
Et maîtrisant de honteuses terreurs,
Arrive au lieu marqué pour sa défaite.

Que vas-tu faire ? ô malheureux, arrête !
Ah! jette au loin ce funeste marteau,
Ce clou fatal et ce pâle flambeau.
Tu vis encor, n'ouvre pas ce tombeau.
Trop tôt peut-être on t'y verra descendre.
Tu vis encor! écoute cette voix,
Qui dans ton cœur crie et te fait entendre
Arrête ; ici, *la mort seule a des droits.*
Vœux superflus!.. La vanité plus forte
Sur la raison, sur la terreur l'emporte.

Il ouvre, il entre, et la nuit s'épaissit.
De son flambeau, la lumière pâlit.
Ses yeux à peine ont mesuré les voûtes,
La profondeur, les ténébreuses routes
Du souterrain, que, malgré lui, ses sens
Ont éprouvé de noirs frémissemens;
Il se voit seul ! . . Son ombre vacillante,
Qui le retrace et sans cesse le suit;
Fantôme vain par lui-même produit,
Son ombre enfin, l'étonne et l'épouvante.
Pour s'affermir, il fait un vain effort.
Dieu! quel moment! . . Le silence et la mort
Habitent seuls sous ces voûtes funèbres;
De toutes parts s'offre un obscur lointain,
Et le flambeau qui tremble dans sa main,
N'y peut percer l'épaisseur des ténèbres.
Mais il s'avance; il apperçoit soudain,
A quelques pas, des objets qui blanchissent.
Il s'en approche; il les distingue enfin,
Et sur son front ses cheveux se hérissent.
Hélas! parmi quelques cercueils épars,
Celui qu'il cherche a frappé ses regards.
Sans plus tarder les voûtes retentissent,
Tous les échos s'éveillent à l'instant,
Et l'on diroit, à ce bruit effrayant,

Qu'il est au loin des ombres qui gémissent.
Il frappe encor, trois fois du même bruit,
Il trouble en vain le calme de la nuit,
Le bruit se perd et le silence reste.

Ah! si l'effroi, de sa tremblante main
Eût fait alors tomber le clou funeste!
Mais l'orgueil parle, et l'homme est foible et vain.

Ma voix encor ne t'a point implorée,
O Muse, ici, prête-moi les pinceaux
Par qui fut peint l'affreux festin d'Atrée,
Et toi, dont l'ame aux noirs chagrins livrée,
Cherchoit la paix dans la nuit des tombeaux;
Toi, dont la plume à la mort consacrée
N'offrit jamais que d'effrayans tableaux.
Young, j'évoque en ce moment tes Manes.
Un téméraire, au séjour de la mort
A, sans respect, porté ses pas profanes;
Vois ce mortel, qui se croyoit si fort.
Il touche au terme où l'ame enfin succombe.
Son bras tremblant s'est levé sur la tombe;
Mais son flambeau s'est éteint renversé,
Et dans les plis de sa robe flottante,
Le clou fatal se trouve embarrassé.
L'heure qui sonne ajoute à l'épouvante.

Il est minuit ! . . Et cette heure effrayante
En tous les temps, semble annoncer alors
Qu'une ombre arrive, et descend chez les morts.
Tout son corps tremble, il s'agite, il se presse,
Il ne sait plus, dans l'horreur qui l'oppresse,
Ni ce qu'il fait, ni ce qu'il frappe ! . . Hélas !
Le malheureux ! il ne s'apperçoit pas
Qu'à ce cercueil, il s'attache lui-même.

Telle parut à son heure suprême,
Sémiramis, au tombeau de Ninus,
Quand, pour calmer son désespoir extrême,
Elle enfermoit dans ses bras éperdus,
Une ombre, hélas ! qui n'étoit déjà plus !
Tel se trouva l'infortuné Fabrice
Dans les détours de l'antre souterrain,
Croyant sentir une invisible main
Qui l'entraînoit au fond d'un précipice,
Croyant entendre une mourante voix
Qui l'appeloit pour la troisième fois.
Il cherche en vain sa raison égarée.
Du souterrain, où retrouver l'entrée ?
Comment sortir de ses sombres détours ?
Sur le cercueil, il retombe toujours.
Il voudroit fuir cet objet qui l'attire ! . . .

Son vêtement l'arrête et se déchire.
Loin de penser, dans cette affreuse nuit,
Au clou fatal qui l'enchaîne à la tombe,
Il croit qu'un spectre en sort, et le poursuit.
Il se relève, il fait un pas, et tombe.

Ses Compagnons, qui l'attendoient toujours,
Epouvantés de sa coupable audace,
Viennent enfin lui porter du secours.
En descendant, l'effroi déjà les glace;
Ce n'est pas tout qu'un silence profond.
A leurs vains cris Écho tout seul répond!
Mais, quelle horreur sur leur front s'est empreinte!
Quand leurs regards, dans cette vaste enceinte,
Ont retrouvé, couché parmi les morts,
Ce malheureux qu'en vain leur voix rappelle!
A leur surprise, à leur douleur mortelle,
A leur effroi se joignent les remords.
Leurs yeux fixés sur ce corps insensible,
Ont reconnu la main d'un Dieu terrible.
Mais leurs transports, leurs mouvemens confus,
Dans le Couvent sont au loin entendus,
On s'avertit, on se donne l'alarme;
Vers le tombeau, tous les yeux sont tournés,
Et l'on s'apprête à conjurer le charme,

Auquel ces lieux semblent abandonnés.
L'un croit entendre un horrible vacarme,
L'autre apperçoit d'épouvantables feux.
La peur par-tout rend les objets affreux.
D'une eau-bénite aussi-tôt chacun s'arme,
Et tous ensemble, à la frayeur livrés,
Du souterrain franchissent les dégrés,
Chantant en cœur Hymnes et Patenôtres,
Et se suivant les uns auprès des autres.
On s'applaudit de ces précautions,
Et l'on croit voir reculer les Démons,
Qu'à chaque pas le Gardien exorcise :
Mais, qui pourroit exprimer la surprise
Dont les esprits furent soudain frappés,
Dans le moment où leurs yeux détrompés
Ont reconnu leur étrange méprise ?
Ciel ! quel spectacle !... A leurs pieds abattus,
Ces fiers Mortels, qu'on vit si téméraires,
Baissent le front devant des Solitaires.
De leur côté, les Moines confondus,
A leur aspect, sont encor tous confus
D'avoir cru voir, tremblans à leurs approches,
Ou des Démons, ou des spectres affreux.
Quoi qu'il en soit, ces bons Religieux
Crurent devoir, pour mieux se venger d'eux,

Leur épargner d'humilians reproches.
Leurs tendres soins, leurs secours généreux
A la mort même arrachèrent Fabrice;
Et tous ensemble avouèrent alors,
Qu'il est un Dieu, dont toujours la justice
Punit l'orgueil, et qu'il n'est d'esprits forts,
Que ceux enfin qui triomphent du vice.
Faisons comme eux, si nous avons des torts;
Loin de chercher une trop vaine excuse,
Livrons notre ame à d'utiles remords:
Qui reconnoît sa faute, et s'en accuse,
En a déjà mérité le pardon,
Et nous présente une grande leçon.

ÉPITRE

A M. le Comte de CH... M. Maréchal de Camp à l'Armée de S. A. S. Mgr. le Prince DE CONDÉ.

VOS illustres aïeux, qui revivent en vous,
CH... n'auroient point voulu croire,
Qu'hors des combats, il est une autre gloire,
Objet de vos loisirs, de vos soins les plus doux.
Ces enfans de Bellone, aux combats si terribles,
Quoique le petit Dieu d'Amour
Ne les trouvât point invincibles,
Dédaignoient de faire leur cour
Aux chastes Sœurs, dont le sourire
Sans cesse en secret vous attire :
Force et vaillance, suivant eux,
A tout Guerrier devoit suffire,
Et, pour un Suzerain, il eût été honteux
D'occuper son esprit, et de savoir écrire.
Ce n'est pas en ce point que vous leur ressemblez,

Vous, que Phœbus sans cesse inspire,
Et qui savez si bien, nous plaire et nous instruire.
Cependant, vous les égalez
En vertus, ainsi qu'en courage.
Du Ciel, comme eux, vous eûtes en partage;
Et courtoisie, et générosité,
Vous avez leur fidélité;
Mais ils n'eurent jamais, comme vous, l'avantage
De ceindre le double laurier
Qui pare le front d'un Guerrier,
Dont la main légère et hardie,
Sait également manier
Le luth divin de Polymnie,
Et de Mars le fer meurtrier.

L'honneur exige encore les mêmes sacrifices;
Mais, de tous ces vains préjugés,
Les siècles suivans, dégagés,
Ont permis aux Héros de faire les délices
Des pays que leurs bras ont soumis ou vengés;
De leur muse à leur gré, suivant tous les caprices,
Ils peuvent aujourd'hui, dans leurs nobles loisirs,
Combler par d'autres soins, leurs fidelles services,
Et rendre utiles leurs plaisirs.
Je sais qu'il est encor, de ces esprits serviles,

Qui regardent, comme futiles,
Tous les soins qu'on prend à rimer.
La voix du sentiment, si flexible et si tendre,
N'a jamais su les enflammer,
Eh ! comment des cœurs froids daigneroient-ils entendre,
Des sons que le cœur seul, peut sentir et former ?
Pour vous faire rougir, ils vous nomment Poëte,
Et, dans leur sot orgueil, ou leur jaloux dépit,
Leur ame, toujours satisfaite,
Met cent fois au-dessus des travaux de l'esprit,
Des plans mal concertés, ou quelque idée abstraite.
De leurs conceptions, laissons-les s'applaudir ;
Et vous, jeunes Guerriers, qui consacrez vos veilles
A cultiver un art si fécond en merveilles,
Prenez entr'eux et vous, pour juge, l'avenir.
Les Muses, pour semer des fleurs sur votre vie,
Du double mont descendront à vos voix,
Et, par leurs fiers accens triomphans de l'envie,
Vous soumettront le Pinde et l'oreille des Rois.
Pour vous encourager vous faut-il des exemples ?
Voyez les Conquérans leur élever des temples,
Et, jaloux d'imiter Auguste, protecteur,
Mériter leur encens par un accueil flatteur.
Ce fameux FRÉDÉRIC, que toujours on admire,

Des Lettres et des Arts fit ses délassemens ;
Il fit même des vers, et ses plus doux momens
N'étoient pas ceux qu'il donnoit à l'Empire ;
Mais ceux qu'il donnoit aux Talens.
Les Talens et les Arts ont toujours, d'un grand homme,
Honoré le repos, fait le charme des Cours ;
Et n'a-t-on pas vu, de nos jours,
Un Pontife (1) honoré dans Paris et dans Rome,
Oser, sans crainte et sans scrupule,
Cueillir sur le Parnasse un laurier immortel,
En soupirant comme Ovide et Tibulle ?
Philosophe, Orateur, Guerrier tout à la fois,
César lui-même écrivit son Histoire ;
Et depuis on a vu des Héros et des Rois,
Comme lui, jaloux de la gloire
De raconter eux-mêmes à la postérité,
Ce qu'ils vouloient lui faire croire.
Ces récits, en effet, d'un air de vérité,
Ont presque toujours emprunté
Un intérêt qui n'est point éphémère.
Un fait, simplement raconté,
Sait nous intéresser, nous instruire et nous plaire ;

(1) M. le Cardinal de Bernis.

Et chaque jour enfin, de ces Mortels fameux,
Que l'Univers entier révère,
Nous offre une leçon, et doit être, à nos yeux,
Comme un flambeau qui nous éclaire.
Mais si, par le récit de leurs faits glorieux,
Ou de leurs vertus magnanimes,
On veut, dans tous les cœurs électrisés par eux,
Exciter des transports et des élans sublimes,
Il faut alors parler le langage des Dieux.

Comme il peindroit l'honneur, la vertu, la victoire,
Comme il sauroit encore enflammer nos Guerriers,
Celui qui, des champs de la gloire,
Revenu triomphant et couvert de lauriers,
Oseroit du chantre d'Achille
Dérober les pinceaux et peindre les combats !
Homère, Le Tasse et Virgile,
Qui chantoient les Héros sous un myrte tranquile,
Ne les avoient pas vu donner à leurs Soldats,
L'exemple et le désir d'affronter le trépas.
A leur gloire il manquoit ce titre.
Eh ! qui mieux qu'un Soldat, du prix de la valeur,
Sait couronner le front d'un généreux Vainqueur ?
Qui saura mieux que lui nous parler de l'honneur ?
D'autres l'ont défini ; lui seul en est l'arbitre.

Seroit-ce un froid génie, à nos cœurs étranger,
Qui pourroit retracer, à l'Europe étonnée,
Ces jours où, sans espoir, la France consternée
S'abreuvoit de son sang, et voyoit égorger
Les vieillards, les enfans, et la sœur et le frère,
L'épouse avec l'époux, le fils avec la mère ?
Quelle main ouvrira ces temples, ces cachots,
 Où ces malheureuses victimes
Avec calme et sans crainte attendoient leurs bourreaux,
Où toutes les vertus avoient le sort des crimes,
Et dont les murs trempés et de sang et de pleurs,
Voyoient naître et jaillir, du sein de tant d'horreurs,
 Les sentimens les plus sublimes ?
Et vous, qui, sans secours, sous un ciel étranger,
Entendiez leurs soupirs, sans pouvoir les venger,
Preux Chevaliers, vous seuls, pouvez à la mémoire
Retracer vos malheurs, votre exil, votre gloire :
Eh ! quel autre, en effet, s'il vécut loin de nous,
Oseroit célébrer et vos Princes et vous,
Et ces Guerriers enfin, qui, non moins grands, peut-être,
Sans sortir des climats où le Ciel les fit naître,
Du Trône et de l'Autel ont soutenu les droits.
 Ah ! ce sont eux que l'on brûle d'entendre !
 C'est de vous seuls, qu'on doit apprendre

Quels furent vos travaux, vos dangers, vos exploits,
Et tout ce que l'honneur vous a fait entreprendre.

Ainsi l'on vit jadis les superbes Gaulois,
Dans leurs bruyans concerts, inspirés par Bellone;
Retracer leur Histoire, et leur culte et leurs lois,
Eux même à la valeur décerner la couronne,
Et sur un bouclier porter nos premiers Rois.
L'exemple des Héros, qu'ils s'excitoient à suivre,
Le souvenir de leurs amis,
Auxquels, dans les combats, ils avoient pu survivre,
Tels étoient les objets de leurs refreins chéris.
La gloire, dans leurs chants farouches,
Aimoit à retrouver ses belliqueux accens;
L'air frémissoit au loin de leurs cris menaçans,
Répétés par toutes les bouches;
Et l'ennemi frappé d'une secrète horreur,
Autant que leur valeur, redoutant leur ivresse,
N'entendoit jamais, sans terreur,
Ces cris de mort, ou ces chants d'allégresse.

A ces siècles grossiers, quand des siècles polis
Succédèrent enfin dans nos belles contrées,
Par des accens plus doux les vertus célébrées

Virent

Virent avec plus d'art leurs attraits embellis.
Nos heureux Troubadours, à leurs Princes fidelles,
Bravoient, à leurs côtés, la mort dans les combats,
Et, pour les Héros et les Belles,
Formoient des palmes immortelles,
Du myrte et du laurier qui croissoient sous leurs
pas.
On répétoit par-tout leurs Romances guerrières;
Et quand la paix, avec eux de retour,
Dans les châteaux, dans les chaumières,
Ramenoit le bonheur, les plaisirs et l'amour,
Ils célébroient de plus douces conquêtes;
Des soupirs des Amans, aimables interprêtes,
A leurs félicités, ainsi qu'à leurs malheurs,
Ils intéressoient tous les cœurs,
Et de Bacchus ils égayoient les fêtes.

Tel vous fûtes jadis, tel vous serez encor,
CH... quand à ces jours d'orage
Succéderont enfin les jours de l'âge d'or,
Que le Ciel nous promet sous l'empire d'un Sage.
Alors, avec les Lis, les Arts consolateurs,
Que l'on vit, éperdus, fuir les bords de la Seine,
Sous un nouvel Auguste, y reviendront sans peine;
Et, dans sa Cour, triomphans et vainqueurs,

Trouveront en vous un Mécène.
C'est alors que, suivant vos penchans les plus doux,
Vous enrichirez notre scène,
Des chef-d'œuvres que Melpomène (1)
Sembloit n'avoir pas faits pour nous.
Quelquefois, emporté par une noble audace,
On vous verra, sur l'Hélicon,
Arracher le laurier qui croît auprès d'Horace,
Pour en couronner un BOURBON.
Vous saurez prendre un autre ton,
Pour chanter l'Amour et les Graces.
Tel autrefois Anacréon
Sut les parer des fleurs qu'il cueilloit sur leurs traces.

Ah! si j'avois reçu tous ces talens divers,
Qui font le charme de la vie!
Si je pouvois par eux, en dépit de l'envie,
Me consoler de nos revers!
Mais, de ses dons, le Ciel dispose en maître.
J'en obtins le plus doux, le plus fatal, peut-être,
Un cœur sensible!.. Hélas! source de nos plaisirs,
La sensibilité l'est aussi de nos peines.

---

(1) M. le Comte de Ch... a traduit MÉTASTASE en vers Français, et a fait plusieurs autres ouvrages qui font également honneur à son esprit et à son cœur.

Impétueuse en ses moindres désirs,
Elle entraîne hors de nous, nos ames incertaines,
Et sait les captiver, par les plus fortes chaînes.
C'est un feu qui toujours, circulant dans nos veines,
Remplit nos sens d'ivresse, ou s'exhale en soupirs,
Et se nourrit encor de pleurs, de souvenirs,
Quand le charme est détruit, et qu'un revers funeste
Vient de nos tristes jours empoisonner le reste.
Si tel est notre sort, en vain l'obscure nuit
Viendra nous couvrir de son ombre;
En vain nous chercherons, sous un ombrage sombre,
Ce calme désiré, ce repos qui nous fuit.
Des nuits et des forêts l'ombre silencieuse,
De la mélancolie asile respecté,
Aux tourmens d'un cœur agité,
N'offre qu'une horreur ténébreuse.
Amitié, don du Ciel, toi seule as le pouvoir
D'en adoucir la douloureuse atteinte!
Ta voix, dans notre sein, sait rappeler l'espoir;
Heureux qui, dans le tien, s'épanche sans contrainte!
Le destin peut frapper les plus funestes coups;
L'Amitié, qui pleure avec nous,
Charme tous les maux de la vie.
Mes jours couloient dignes d'envie,
Quand sa main bienfaisante et ses soins généreux,

Si doux dans le bonheur, si chers aux malheureux,
Versoient sur ma blessure un baume salutaire:
Mon sort n'avoit plus rien d'affreux !
Que dis-je? cette longue et pénible misère,
Qu'aggravoit pour tout autre, un exil douloureux,
Eut même ses douceurs ! . . Elle me devint chère !
Tant il est vrai que dans la coupe amère,
Dont le sort vient nous abreuver,
La divine Amitié sait nous faire trouver
Des charmes inconnus, à qui tout est prospère !
Au sein d'une terre étrangère,
Je ne possédois rien ! . . . mais j'avois un Ami (1) !
J'ai tout perdu ! le Ciel me l'a ravi.
Malheureux ! je l'ai vu, terminant sa carrière,
Pâle, défiguré, couché sur la poussière,
Dans la foule des morts, ou plutôt des Héros.
Tout me rappelle encor cette image effrayante ;
(2) Et cette affreuse nuit, où l'ombre des tombeaux
Vint couvrir à mes yeux sa dépouille sanglante !
Pour la première fois, je sentis le malheur ;
Et depuis ce moment, dans mon ame agitée,
Régnent les vains regrets et la sombre douleur.

---

(1) Voyez les Stances ci-après.

(2) Le Combat d'Ober-Kamlack dont il est question eut lieu dans la nuit du 13 Août 1796.

Par un affreux hiver, la Nature attristée
Est moins triste encor que mon cœur (1).

O vous qui, plus heureux sans peine et sans contrainte,
Pouvez sur votre lyre exprimer vos transports,
Non, je n'attendrois point vos sublimes efforts;
Célébrez les combats, et laissez-moi la plainte.
L'Univers vous a vu, renonçant au repos,
Sur les pas des BOURBONS, voler à la victoire,
De leurs jours glorieux, vous lui devez l'histoire.
Compagnons et témoins de leurs nobles travaux,
Pour en conserver la mémoire,
Des Le Brun, des Rubens, saisissez les pinceaux.
Que la trompette de la Gloire,
Par des sons plus nerveux, étonne vos rivaux.
A ces fiers Conquérans, que l'Univers admire,
Des Poëtes peuvent suffire;
Il faut aux BOURBONS, des Héros.

Mais, non; c'est à des jours plus heureux, plus tranquiles,

---

(1) La Romance, et l'Ode intitulée OBER-KAMLACK ont rappelé le souvenir de ses talens et de ses vertus. Les Stances qu'on lira à la suite de cette Épître ont consacré les regrets de tous ceux qui l'ont connu.

Que ces travaux sont réservés.
Consacrez vos loisirs à des soins plus utiles,
Nobles Guerriers, vous le devez
A vous, à votre Maître, au Dieu que vous servez,
C'est à vous d'annoncer, à la France attendrie,
Le régne d'un nouveau Titus;
C'est peu de pardonner! il faut que la Patrie
Vous doive le retour des mœurs et des vertus.

Par M. DE TEZMONVILLE,
Chasseur Noble, Comp. N.° 16.

STANCES

A M. DE VILLEM... sur la perte de M. DE BAYE, blessé mortellement à Ober-Kamlack, le 13 Août 1796.

APPROCHEZ, doctes Sœurs; mais qu'ici votre lyre
N'ébranle point les airs par des sons éclatans;
Respectez la douleur : dans ces bois tout respire;
Tout redit nos tourmens.

L'honneur vient d'immoler une tendre victime;
Un jeune Troubadour succombe pour son Roi:
La piété gémit des triomphes du crime,
Et recule d'effroi.

O nuit, sanglante nuit, que, sous ton voile sombre,
Au printemps de leurs jours, périrent de Héros!
Devois-tu donc ainsi protéger de ton ombre,
Leurs coupables rivaux?

Dans ces bois ténébreux, la valeur inutile
Ne faisoit que hâter le terme de nos ans :
Thersite, sans effort, eût triomphé d'Achille
En ces affreux momens.

Je n'imiterai point Ajax dans sa furie,
Lorsqu'accablé de traits, il dit au Roi des Dieux :
Combats pour tes Troyens; mais viens, je te défie
A la clarté des Cieux.

Aussi grands, plus soumis, nous tombons sans murmure ;
Mais, le front prosterné devant ton saint Autel,
Je m'écrie : O mon Dieu, soutiens-tu l'imposture
D'un Sénat criminel ?

« Tu nous vois sans défense, et tu vois ce qu'il ose !
» N'es-tu donc plus pour nous le Dieu de nos aïeux ?
» Quelle main a jeté, quand nous servons ta cause,
» Un bandeau sur nos yeux ?

» Tels ces fiers combattans, l'effroi des Infidelles,
» Saül, le grand Jonathas, et les Forts de Sion

» Succombent, et leur mort réjouit les Rebelles,
» Ennemis de ton nom. »

Des Guerriers qu'aujourd'hui ravit un sort barbare,
Qui plus que toi, jeune ombre, a droit à nos douleurs,
Toi, dans qui respiroit cette union si rare
Des talens et des mœurs ?

Le coup le plus affreux, dont la Parque cruelle
Puisse encore nous frapper, au comble du malheur,
C'est lorsque des vertus le plus touchant modèle,
Périt comme une fleur.

Lorsqu'un siècle pervers, vouant un Temple au vice,
Abuse du génie, œuvre du Tout-puissant,
Falloit-il perdre encore le favorable auspice
D'un flambeau bienfaisant !

Que n'as-tu préféré, disciple du Permesse,
Aux couronnes de Mars le paisible olivier !
N'est-ce donc qu'à ce prix, qu'on peut, dès sa jeunesse,
Ceindre un double laurier !

Sous ces mornes sapins, témoins de tant d'alarmes,
Lieux qui semblent formés pour la nuit des tombeaux,
Dressons un monument, arrosons de nos larmes
Les restes d'un Héros.

Toi, qui fus son ami, toi, qu'un ciel plus prospère,
Plus sensible à nos voeux, sauva de ces hasards,
Tu viendras quelquefois, sur cette triste terre,
Arrêter tes regards.

J'ornerai ce séjour, du saint et doux emblême
De la Fille du Ciel, la divine Amitié :
Là, tu pourras du moins honorer de toi-même
La plus chère moitié.

Et moi, qui, sur vos pas, dans deux sentiers de gloire,
Instruit par vos leçons, ramassai quelques fleurs,
Que ne puis-je enlacer, au Temple de Mémoire,
Deux noms chers à nos cœurs !

Que n'ai-je en mon pouvoir les pinceaux d'Ausonie,
Pour retracer en vous Euryale et Nisus ;
Mais enfin ne peut-on, sans le feu du Génie,
Rendre hommage aux Vertus.

Par M. Duc...

ODE

Sur le Combat d'Ober-Kamlack, livré le 13 Août 1796.

LORSQUE la nuit voile la terre,
Quelle clarté brille à mes yeux?
L'air est serein, et le tonnerre
Ébranle la voûte des Cieux.
Est-ce la comète effrayante,
Qui, dans sa course étincelante,
Vient embrâser ces bois obscurs?
Non; c'est l'Enfer qui nous menace,
C'est lui, dont l'orgueilleuse audace
Ose vomir ses feux impurs.

En vain la Nature attentive
Au bonheur de tous ses Enfans,
Sur les bords d'une onde plaintive
Sema les trésors du Printemps:
Pour sourire au désir des Graces,
En vain brisa-t-elle les glaces,

Et dompta les vents en fureur;
L'Homme, ennemi de son attente,
Repousse sa main caressante,
Pour déchirer son propre cœur.

Sous les myrtes fleuris de Gnide,
L'aiglon soupira-t-il d'amour?
Vit-on la colombe timide
Fixer l'astre éclatant du jour?
Lorsque l'airain frémit et tonne,
Germains, dans les champs de Bellone,
En vain cherchez-vous des succès!
Fuyez; voici le jour terrible
Où CONDÉ, toujours invincible,
Peut seul combattre des Français.

Déjà, dans l'ombre et le silence,
Nos preux Chevaliers sont formés:
Leur cœur brûle d'impatience,
Par l'honneur ils sont animés;
Impétueux, vifs, intrépides,
On connoît à peine les Guides
De leurs rangs voilés par la nuit;
Telles, sur les vapeurs légères,

Nous voyons les célestes Sphères,
Sans voir la main qui les conduit.

Laisse le chalumeau champêtre,
Muse, avec moi vole aux combats;
L'éclair s'allume, et le salpêtre
Ouvre la terre sous nos pas:
Au milieu des flammes rapides,
Je vois des Guerriers intrépides
Porter la mort de toutes parts:
Ainsi, quand la tempête gronde,
Sa vague écumante et profonde
Renverse les plus forts remparts.

Ober-Kamlack, ma main tremblante
Doit te graver en traits sanglans.
En vain l'Histoire frémissante
Me dit: Ils furent triomphans!
De Bay, Nollent, victimes chères!
Si l'amitié, par ses chimères,
Vient rassurer mes sens émus!
J'entends les Muses éplorées,
Et les Graces décolorées,
Me dire, que vous n'êtes plus.

Ils ne sont plus! D'autres victimes
Ont recueilli de vains lauriers!
La tombe entr'ouvre ses abîmes
Sous les pas de tous nos Guerriers!
Le sang jaillit, et le fer brûle,
Le rebelle pâlit, recule,
Il voit ses rangs anéantis :
Mais d'autres ennemis s'avancent;
Pareils à des flots, ils s'élancent
Sur des flots qui sont engloutis.

Dugoulet, Cumont, Landreville
Sont déjà glacés par la mort :
De Banne, et Maison, et Genville
N'ont pu fléchir l'injuste sort!
Leurs yeux éteints, leur front livide,
Leur sein couvert d'un sang putride,
Autour d'eux entraînent mon cœur! . .
Ainsi Thétis, après l'orage,
Vient caresser, sur le rivage,
Les victimes de sa fureur.

Toujours vainqueur de la tempête,
Le chêne altier, dans son printemps,

Avec orgueil porte sa tête
Dans la région des autans :
Mais lorsque, dans son tronc débile,
La vieillesse a, d'un suc utile,
Desséché les canaux secrets,
Esclave de la loi commune,
Sans se plaindre de la fortune,
Il succombe dans les forêts.

Ainsi, couvert de cicatrices,
Duchilleau, favori de Mars,
Paré de ses nobles services,
Expire sous nos étendards;
Montval, Lansalut et Navère
Tombent sous la faulx meurtrière,
Soutiens du Trône et de la Foi;
En mourant loin de leur Patrie,
Si leur cœur regrète la vie,
C'est qu'elle appartient à leur Roi.

Muse, sur des tables funèbres,
Ne retrace plus, en ce jour,
Les noms de ces Héros célèbres
Que pleurent et Mars et l'Amour....

Viens, sous des palmes immortelles,
Cacher les blessures cruelles
Qui viendroient attrister nos cœurs !
LOUIS formoit leur existence,
LOUIS mourroit de leur souffrance :
Jette un crêpe sur nos douleurs.

Par M. LE CH.er DE QUERELLES,
Chasseur Noble, Comp.e N.o 7.

ODE

RÉPONSE

A une Lettre de M. le Comte DE CH***, de Sultzbourg en Brisgaw, 1.er Janv. 1797.

J'AI lu, CH... votre charmante Epître ;
Ce fruit de vos légers travaux,
Prouve encor que le Dieu que l'on sert à Délos,
Près de vous, à la Cour, a placé son pupitre.
Comme alors il en prend le ton,
Et que, pour se rendre agréable,
Il sait se mettre à l'unisson
De ceux qu'un trop grand jour accable :
Il est là cent fois plus aimable
Qu'il ne l'est au sacré Vallon.
Avec plus de délicatesse,
D'un badinage heureux, il orne la raison.
Le séjour des Grands, est, dit-on,
Celui de l'étiquette ; on s'y contraint sans cesse :
Il est là pourtant sans façon.
Fier sans orgueil, et poli sans bassesse,

R

Il fait jouir et jouit à son tour;
Et quoi qu'on dise enfin des gênes de la Cour,
Il a dans ce brillant séjour
Moins de faste et plus de finesse,
Que lorsqu'à ses chers Nourrissons
Il va sur les bords du Permesse,
Dicter ses savantes leçons.

Il faudroit qu'il voulût m'inspirer moi-même pour répondre à toutes les choses agréables que vous m'adressez; mais la maison rustique d'un Paysan Allemand n'a jamais été le séjour des Muses; et d'ailleurs, comme vous l'avez fort bien remarqué,

Horace, Tibulle et Virgile
N'étoient pas, comme nous, dévorés de soucis.
Ils vivoient avec leurs Amis,
Jouissans tour à tour des plaisirs de la Ville,
Et des plaisirs plus doux, que les bois et les champs
Offroient à leurs désirs, au retour du Printemps.
Pour orner ses tableaux des fleurs du badinage,
Horace alloit à Tivoly;
Ainsi les bois de Chantilly
Doivent un jour, sous leur ombrage,
Vous inspirer des vers harmonieux,

Dignes du maître de ces lieux,
Par des Héros habités d'âge en âge.
C'est à l'ombre de ces forêts
Que la chaste et belle Diane,
Redoutant moins un œil prophane,
Ose dévoiler ses attraits.
C'est dans ces lieux charmans, sur ces rives fleuries,
Que Tibulle, pour se livrer
A de plus douces rêveries,
En songeant à Délie, eût voulu s'égarer.
C'est dans cet Élysée enchanteur et tranquille,
Qu'éprouvant des transports nouveaux,
Le sublime et tendre Virgile
Eût appris à chanter les Rois et les Héros.
Du Vainqueur de Rocroy l'ombre toujours errante,
Dans ces bosquets délicieux
Eût parlé davantage à cette ame brûlante,
Et l'eût mieux inspiré que n'ont fait ses faux Dieux!

Mais ce sombre et triste village,
Où le Destin cruel me relégue aujourd'hui,
N'offre de toutes parts que l'asile sauvage
Des noirs chagrins et de l'ennui.
Non, jamais le Dieu de la lyre
N'y fera retentir les échos étonnés.

C'est en des lieux plus fortunés
Qu'il donne rendez-vous à tous ceux qu'il inspire.

Vous pouvez, d'après cela, juger des efforts que je suis obligé de faire pour produire la moindre chose. Mais, direz-vous, qu'importe le lieu qu'on habite, quand on a sous les yeux un Prince dont les moindres travaux sont faits pour émouvoir les cœurs les plus froids! Je conviens qu'en parlant de lui, le plus mince Poëte doit se sentir enflâmé. Mais aussi ne doit-on pas craindre de porter une main profane sur ses lauriers immortels? D'ailleurs, vous le savez, comme moi,

Il n'est sensible qu'à la gloire;
Les seuls accens de la victoire
Peuvent dans sa grande ame exciter un transport;
Le chant des Filles de Mémoire
N'est qu'un bruit peu flatteur, un vain son qui l'endort.

Vous seul, Monsieur le Comte, vous êtes mon Apollon; c'est pour vous seul que je reprends aujourd'hui ma lyre. En me jugeant avec l'indulgence de l'amitié, vous m'excitez à faire de nouveaux efforts, et vous retardez peut-être l'instant où je dois renoncer pour jamais à l'espoir d'arracher les faveurs d'un Dieu que j'implore en vain. S'il est beau de cultiver les Lettres et de leur consacrer ses loisirs, il ne l'est pas moins de les protéger, et vous avez ce double mérite. C'est par tant de titres que vous vous rendrez utile à ce Dieu qui vous inspire, comme vous l'êtes au Héros que vous servez avec tant de gloire.

Ainsi, lorsqu'Agrippa, sur les mers de la Grèce,
D'Auguste fixoit les Destins,
Mécène, par les fruits de sa douce sagesse,
Rendoit ses Lois plus chères aux Romains.

Je ne puis assez vous exprimer combien j'ai été touché des sentimens que vous me témoignez. Le temps qui détruit tout n'affoiblira jamais en moi le souvenir de tant de bontés. Mais je ferois de vains efforts pour vous rendre ici tout ce que je sens, et sur-tout les vœux que je forme pour vous à ce renouvellement d'année.

Ce Dieu même dont l'art vanté
Du sentiment nous arrache les larmes,
Qui tour à tour excite et les tendres alarmes,
Et l'ivresse de la gaîté;

Ce Dieu qui sait si bien, peignant la volupté,
Nous en dévoiler tous les charmes,
Et qui, fidelle à la Beauté,
Lui donne de nouvelles armes :
Eh bien ! ce Dieu tout interdit,
Ne sentant plus qu'un froid délire,
Reste muet, quand il s'agit
De répéter, de reproduire
Ces complimens qu'exprès pour nous embarrasser,
Une coutume surannée
Veut, qu'au premier jour de l'année,
On redise, sans les penser.
Ce qui fut bien sous le régne d'Astrée,
Du vieux Saturne et de la bonne Rhée,
N'est plus de saison aujourd'hui.
Cette Fête au Dieu de l'ennui
Seroit à bon droit consacrée.
Que les temps sont changés ! Combien nos bons Aïeux,
Avec bien moins de faste avoient plus de franchise !
Touchans embrassemens, naïfs et tendres vœux,
Qu'on exprimoit sans feinte et toujours à sa guise,
Faisoient de ce jour enchanteur
L'époque du plaisir et la fête du cœur.

Je ne me fais pas un grand mérite d'être aussi sincère qu'on l'étoit du temps de nos bons aïeux ; mais mon cœur est intéressé à vous le persuader, et j'ose me flatter que le vôtre ne lui donnera pas un démenti.

PAR M. DE TEZMONVILLE,
Chasseur Noble, Comp.^e N.º 16.

ODE

A SON ALTESSE ROYALE

Mgr. L'ARCHIDUC CHARLES,

Sur ses Victoires remportées sur les Français rebelles, dans sa glorieuse Campagne de 1796, sur le Rhin.

Venez, Filles de Mémoire,
Vous, dont les mâles accens
Immortalisèrent la gloire
De tous les faits éclatans;
Venez, et sur votre lyre,
D'un Prince, appui de l'Empire,
Chantez les brillans exploits,
Et confondez le délire
D'un Peuple ennemi des Rois.

Quand la licence effrénée,
Sortant du sein des enfers,

A l'Europe consternée
Osoit présenter des fers,
On a vu des mains timides,
A ses Ministres avides,
Porter de honteux tributs;
Des Guerriers plus intrépides
Ont compté sur leurs vertus.

Tel, le Maître du Tonnerre,
Délaissé de tous les Dieux,
Brisa, des Fils de la Terre,
L'édifice monstrueux;
Bientôt ses foudres brûlantes,
De ces hordes rugissantes
Renversèrent les travaux,
Et leurs roches menaçantes
Leur servirent de tombeaux.

C'est par ce courage insigne,
Que le Roi puissant des Airs,
Annonça qu'il étoit digne
De gouverner l'Univers.
Vaste et fière Germanie,
En toi-même désunie,

Tu trembles pour tes remparts ;
Fléchis devant le Génie
De tes glorieux Césars.

Ainsi, lorsque de ses voiles
La nuit couvre nos climats,
Le pâle feu des étoiles
A pour nos yeux des appas ;
Mais, c'est la chaleur féconde
Du puissant flambeau du monde,
Qui donne une ame à nos sens,
Et de la terre et de l'onde
Fait éclore les présens.

Que les Rois, que le Ciel même,
A dit l'impie enivré,
Respectent la loi suprême
D'un Peuple régénéré;
Il a dit, que tout périsse !
Et son cruel artifice,
Associe à sa fureur,
Des bras qu'un Ciel plus propice
Forma pour servir l'honneur.

Ce torrent, dans les campagnes,
Entraîne tout après soi :

L'Aigle passe les montagnes,
Le Rhin recule d'effroi :
Il voit ses rives sanglantes,
Et des mères gémissantes,
Présageant d'affreux malheurs,
Presser, de leurs mains tremblantes,
Leurs enfans baignés de pleurs.

Le Dieu qui, dans sa balance,
Pèse le sort des États,
Sait aussi de la licence
Arrêter les attentats ;
CHARLES cède à la tempête ;
Mais déjà, dans sa retraite,
Fruit des plus heureux talens,
Il prépare la défaite
De ses rivaux expirans.

Tel le courageux Antée (1),
Pressé d'un péril croissant,

---

(1) Fameux Géant, fils de Neptune et de la Terre. Hercule le combattit, le terrassa trois fois, mais en vain ; car sa mère la Terre lui rendoit des forces nouvelles lorsqu'il la touchoit.

Dans la terre épouvantée
Trouve un secours renaissant ;
Ou, telle une onde pressée,
Et de son tube élancée,
Monte et descend avec bruit ;
La poussière est dispersée,
Et l'insecte au loin s'enfuit.

O triomphe ! ô jour de gloire !
Nuremberg voit sous ses murs,
L'Aigle, enchaînant la victoire,
Frapper les coups les plus sûrs :
CHARLES poursuit sa carrière :
O Francfort, ô Cité fière
De couronner les Césars,
Relève ta tête altière
Sous leurs puissans étendards.

Toujours l'adverse fortune
Fut le berceau des Héros,
Et sa rigueur importune
Relève encore leurs travaux ;
Ainsi, malgré ses menaces,
A travers mille disgraces,

L'auguste FRANÇOIS PREMIER (1)
Sut asservir à ses traces
La Déesse au cœur altier.

Jours malheureux, jours de haine,
Souvenir plein de douleur;
Mais, pour le Sang de Lorraine,
Jours éclatans de splendeur!
CHARLES, sous ton nom illustre (2),
On vit renaître le lustre
De l'Autriche et de ses Fils.
O nom, dans un nouveau lustre,
Ranime l'espoir des Lis!

Nom, qui trace d'âge en âge,
De longues suites d'exploits,
Sois l'objet de notre hommage;
Sois le ferme appui des Rois!

---

(1) Ceux qui connoissent l'Histoire de la Guerre de la Succession, savent à quelles extrémités furent réduits l'Empereur François I.er et Marie-Thérèse.

(2) Ce fut un Prince Charles de Lorraine, frère de l'Empereur François I.er qui rétablit, par ses succès, la grandeur de la Maison d'Autriche.

Prince, qui, dès ta jeunesse,
Réunis tant de sagesse
A la plus noble valeur,
Vois l'Europe, avec ivresse,
Chérir en toi son Vengeur.

Quoi ! l'agile Renommée
Étonne encor l'Univers !
Quel bras conduit cette Armée,
Qui triomphe des hivers ?
Kell, Huningue, où la licence
Nourrit la folle espérance
De détrôner les Césars ;
CHARLES paroît . . . sa présence
A fait tomber vos remparts.

Ainsi, les ames bien nées
Mesurent, par de hauts faits,
Le nombre de leurs années,
Et leurs jours, par leurs bienfaits.
Ah ! puisse un Ciel plus facile,
Pour nous en bontés fertile,
Nous conserver ce trésor,
Et joindre, aux exploits d'Achille,
Le long âge de Nestor.

Par M. DUC...

LES OIES
ET LES CANARDS SAUVAGES.
FABLE.

Un Crésus, dans sa basse-cour,
D'Oisons et de Canards avoit force douzaines,
Dont il comptoit bien régaler un jour
Ses Amis à larges bedaines.
Mais ces Canards et ces Oisons,
Qui voyoient, dans les airs, voltiger sans entraves,
Des oiseaux de divers cantons,
Tandis qu'eux, timides esclaves,
Hors de la basse-cour ne pouvoient faire un pas;
A ces oiseaux se comparèrent,
Et bientôt après s'ennuyèrent
De ne pouvoir aux champs prendre aussi leurs ébats.
Depuis long-temps, bref, ils avoient envie
De devenir oiseaux fuyards,
Et d'aller, courant maints hasards,
Avec la liberté chercher aussi leur vie.

À partir au plutôt, ils étoient résolus;
Un jour enfin que la Servante,
Moins attentive et moins prudente,
Portoit ailleurs ses yeux d'Argus;
Ils s'échappent; d'abord ils prennent la volée:
Puis ils s'en vont, clopin-clopant,
Si bien, qu'au bout de la journée,
Ils arrivent, sans accident,
Dans une nouvelle contrée.
Tout alloit bien jusques là; mais la nuit! ....
La nuit, nos Voyageurs apprirent
Qu'il est un Démon qui poursuit
Les Voyageurs: tremblans au moindre bruit,
Plusieurs d'entr'eux se repentirent,
Et le plus courageux regretta lors son nid.
Ce fut pourtant une bien autre alerte,
Quand ils virent, au jour naissant,
Tourner tous les moulins à vent,
Dont la campagne étoit couverte.
Ce sont monstres nouveaux qu'ils s'imaginent voir.
Quand on a peur, on se peint tout en noir.
Le fameux Dom Quichotte, en pareille aventure,
Crut voir quelques géans d'une énorme structure,
Non qu'il eût peur; mais n'importe pourquoi;
Nos Voyageurs se tiennent coi;
Heureux encor, dans leurs craintes mortelles,

S'ils n'avoient eu pour ennemis,
Que des moulins à grandes ailes!
Mais maints Chasseurs, aux oiseaux du pays,
Avec leurs chiens faisoient la guerre.
On voit de tous côtés fuir cailles et perdrix;
Et nos fuyards, eux-mêmes poursuivis,
Peuvent à peine atteindre une rivière.
Là, par quelques Pêcheurs, reçus à coups de pierre,
Il faut encore éviter d'être pris.
Sur le danger alors on délibère.
Les plus timides sont d'avis
De s'en retourner au logis;
Les autres sont d'avis contraire.
Pendant qu'on discute l'affaire,
Les plus hardis s'élèvent dans les airs;
Bravent Chasseurs et vents, planent sur l'Univers.
Les lâches seuls restèrent sur la terre,
Et, retournés en leur premier séjour,
Y furent engraissés, puis grugés tour à tour.
Amis, bonne leçon, s'il en fut jamais une;
Ne nous laissons jamais abattre par le sort.
Les grandes actions, la gloire et la fortune
Ont été, de tout temps, le fruit d'un noble essor.

Par M. DE TEZMONVILLE, Chasseur
Noble, Comp.e N.o 16.

DIALOGUE
ENTRE CONDORCET
ET LE
CARDINAL DE RICHELIEU.

CHACUN sait qu'au noir Royaume de Pluton les Ombres exercent à peu près les fonctions qu'elles ont exercées pendant leur vie, selon le crédit qu'elles peuvent avoir à la Cour. On peut juger si le Cardinal de Richelieu, si profond dans l'art de l'intrigue, s'oublia dans le nombre de ces Ombres oisives, dont l'unique occupation est d'errer sur les bords du Stix, ainsi que nous l'apprend Virgile et autres Auteurs authentiques. Le Roi des Enfers craignit cependant la vaste ambition du Cardinal, et pour rester le maître sur son Trône de fer et ne pas perdre les services d'une Ombre qui avoit tant de moyens d'être utile, il lui donna, comme fondateur de l'Academe

Française, le district des Gens de Lettres, avec le droit de leur faire ouvrir provisoirement la barrière des bosquets délicieux consacrés à ceux qui ont employé leur génie à rendre les hommes plus heureux en les rendant meilleurs, ou de précipiter au Cocyte ceux qui en auroient fait un usage contraire à ce but.

Le ci-devant Ministre, bien patenté et pourvu d'Huissiers en nombre suffisant pour faire faire silence à son Audience, tint ses Assises sous les portiques du vestibule des Champs Élysées, et entra en fonction en attendant qu'il pût s'élever à une place plus éminente. Quel plaisir n'eut-il pas, en recevant à son tribunal les enfans de l'Académie qu'il avoit fondée et dont la gloire pure et sans tache leur assuroit des droits si certains à sa bienveillance! Ils étoient tous des témoignages évidens de l'utilité de l'Académie, et du bon goût de la Littérature Française sous le régne de Louis XIV. Les principes et la morale des Auteurs étoient telle, que le Cardinal, si soupçonneux qu'il fût, leur faisoit ouvrir la barrière de l'Élisée presque sans examen. Cependant son intégrité, quelque temps après ce régne, commença à lui faire des reproches de bonhommie et de crédulité, et sa défiance fut sur-tout excitée par une métamorphose que subissoit insensiblement la Langue aux dépens du goût, par une manière de raisonner paradoxale et systématique, et sur-tout par une certaine quantité de mots dont les Académiciens lardent sans cesse leurs discours, tels que *la Nature*, *les Tyrans*, *le Despotisme*, *la Tolérance*, *la Superstition*, *le Fanatisme et la Liberté*. Tout cela venant à tous propos, lui donnoit à penser, et il doutoit si le goût faisoit des progrès, ou s'il reculoit vers la barbarie. Cependant tous les nouveaux venus lui assuroient que les Savans et les Gens de Lettres du siècle dernier n'étoient que des pédans; que de nouvelles routes étoient tracées; que l'Europe entière adoptoit les opinions Françaises avec autant de célérité que ses modes; que ce siècle étoit celui du *Mesmérisme*, du *Magnétisme*, du *Martinisme*, des *Illuminés*, de *la Philosophie*, et enfin de *la Révolution*; que les hommes, mus par une bienveillance mutuelle, alloient tous fraterniser ensemble; que la science n'étoit plus inaccessible dans d'énormes *In-folio*, mais que chacun s'instruisoit sans peine dans des Dictionnaires, des Analyses et des Compilations, autant qu'il le falloit pour paroître fort érudit en conversation, et pour concevoir le goût des nouveautés et des grandes découvertes.

Le Cardinal, rendu méfiant, mettoit les uns en quarantaine jusqu'à un plus ample informé, et renvoyoit les autres devant Minos. La barrière des Champs Élysées s'ouvroit rarement pour quelques Auteurs modestes et vertueux, qui, ayant été écartés soigneusement des affaires de l'Académie, ne pouvoient rendre un compte satisfaisant au Cardinal. Alors il prit de l'humeur, et ordonna à son Prévôt de lui amener sur le champ le premier Secrétaire de l'Académie Française, qui sortiroit de la fatale barque, sachant bien que lui seul pourroit mieux l'instruire des événemens littéraires d'en haut, que les Quarante ensemble. Bientôt débarqua Condorcet, avec une immense quantité d'Ombres dépêchées aux Enfers par les Tribunaux révolutionnaires, par la Poudre à canon et les Hôpitaux militaires. Les Huissiers du Cardinal s'emparèrent de Condorcet, comme étant de sa compétence. Sa face hideuse portoit encore les traces des convulsions que lui avoit causé le poison dont il termina sa vie ; et le virus de la Démocratie se répandoit hors de sa bouche en écume sanglante et fétide. Il fit trois révérences, non comme Représentant du peuple, mais comme quelqu'un qui se sent très-coupable ; et voilà l'interrogatoire qu'il subit mot pour mot, et que nous tenons de fort bonne part.

LE CARDINAL.

Je vous somme de me répondre clairement, laconiquement et avec vérité, à toutes les questions que je vous ferai, sous peine d'être condamné aux plus affreux supplices, si vous mentez en ma présence. Dans quel état étoit la Littérature en France ?

CONDORCET.

Monseigneur, je vais obéir à votre Grandeur, et lui dire tout ce qu'elle désirera savoir; que m'importe ? mon rôle est fini dans le monde, et je n'ai plus d'intérêt, depuis que je suis ici, à mentir à personne.

Je vous dirai donc, Monseigneur, que nous avions absolument changé de vues; nous nous occupions peu de Tragédies, mais nous faisions des Drames ou des Tragédies bourgeoises, quelques Comédies pour former l'opinion; telle que *le Mariage de Figaro*; force Romans dont l'application étoit fort sensible aux mœurs du temps, et hâtoit leurs progrès vers le but de la Nature, où nous voulions tout ramener; ainsi que *les Liaisons dangereuses*, etc. etc., et des discussions philosophiques et métaphysiques en énorme quantité ; les unes traitées avec une obscurité qui dénotoit la profondeur des lumières de l'Auteur, et les autres traitées en sarcasmes, équivoques, lazzis plaisans, propres à faire rire les jolies femmes et les frivoles aimables de nos jours, et à les appeler au bercail de la Philosophie.

LE CARDINAL.

Étoit-ce toujours Aristote qui étoit suivi dans les Universités ?

CONDORCET.

Les Universités, Monseigneur ! nous avons prouvé que ces Docteurs en *us*, ainsi que ceux de la Sorbonne, étoient *des ânes*, *des pédans*, *des hypocrites*, *des cuistres*, qui abusoient de la crédulité du peuple pour le conduire au fanatisme par la superstition. Nous avons renversé tous les systêmes anciens et modernes ; et vous croiriez qu'on tenoit à Aristote ? Et qui eût pu le lire ? on n'apprenoit plus ni grec ni latin. Notre philosophie étoit plus sublime et plus douce à pratiquer ; elle étoit celle de la Nature. Afin qu'elle ne fût pas gênée dans ses désirs, nous avons dit qu'il n'y avoit ni vices, ni vertus, ni Dieu dans l'Olympe, ni Enfer pour les méchans ; et votre Grandeur conviendra qu'il eût été bien plus noble et plus généreux d'être vertueux sans motifs. Au reste, en attendant que les Français en prissent l'habitude, ce qui n'eût pas tardé d'arriver sans la catastrophe du 31 Mai, dont je suis la victime, nous avions, pour remplacer toutes les raisons qu'on avoit autrefois de pratiquer la vertu, établi des prix de bienfaisance dont disposoit l'Académie.

LE CARDINAL.

Savez-vous que nous avons ici des Petites-Maisons, et qu'il me prend envie de vous y envoyer.

CONDORCET.

Moi, Monseigneur ! moi, le correspondant général et central du philosophisme et de la philantropie, Monseigneur n'y pense pas !

LE CARDINAL.

C'est vous, qui vous oubliez, en me disant de pareilles extravagances, et vos opinions n'ont dû avoir de partisans que parmi les insensés.

CONDORCET.

Monseigneur se trompe et ignore les ressources de l'Imprimerie pour gagner l'opinion. C'est par elle que nous sommes parvenus à la conquérir. Nous faisions imprimer dans un an plus de brochures qu'on n'en imprimoit jadis en vingt ans; il y en avoit pour tous les genres d'esprit, depuis la métaphysique la plus entortillée jusqu'aux ordures du plus bas genre. Toutes prouvoient que deux et deux ne font pas quatre, ou mettoient en question l'évidence même. On ne vouloit plus croire que ce qui étoit incroyable, et pour achever l'engouement du public en notre faveur, nous avons prononcé que nous étions des esprits forts, nous et les nôtres, et que les autres étoient des imbécilles; et personne ne voulant être de cette classe, s'est mis aussi à hurler les cris de ralliement, *Superstition*, *Despotisme*, *Tolérance*, etc.

LE CARDINAL.

Les Ministres étoient donc plus despotes que moi, à qui on a tant reproché de l'être, puisque vous invoquez ainsi la tolérance.

CONDORCET.

Hé non! Monseigneur; au contraire, nous avons toujours eu beaucoup de Ministres qui laissoient circuler nos livres et sapper l'autorité de leur Maître ; mais nous demandions la tolérance pour tous les cultes, afin de rendre indifférent celui de l'Etat; et pour toute religion, nous demandions qu'on aimât les Tartares, les Chinois, les Algonquins, etc.; ce qui n'est pas si difficile que d'aimer les parens et les amis qui sont quelquefois à charge. Nous voulions enfin qu'on tolérât notre plan de bienveillance universelle, jusqu'à ce que, maîtres de l'opinion et de l'autorité, nous pussions en rendre dépositaires des Gens de Lettres, bien plus dignes d'occuper les places que des hommes ignorans et sans génie, dont on n'avoit encore parlé dans aucun ouvrage périodique.

LE CARDINAL.

Comment, faquin! vous aviez de telles prétentions! Il n'y avoit donc ni cachots, ni oubliettes, pour vous enlever à la société, dont vous tramiez la dissolution!

CONDORCET.

Monseigneur ne sait pas ce que c'est que la vapeur de l'encens académique, ou la gloire d'être proclamé le bienfaiteur du genre humain ; les Ministres, d'ailleurs, pouvoient-ils penser que, secondant nos vues, ils ne seroient pas les héritiers de la puissance légitime qu'ils renversoient ! Mais, hélas ! ils ont été trompés, et plusieurs ont été victimes de leur dévouement. Moi-même j'ai été obligé, après avoir erré long-temps pour échapper à une faction victorieuse, de prendre de la mort-aux-rats, lorsque mon parti, maître absolu dans la Convention, étoit sur le point d'assurer le bonheur des générations futures, après avoir fait égorger celle-ci.

LE CARDINAL.

Oh ! le monstre exécrable ! Et tous les Rois ne se sont pas ligués pour vous détruire !

CONDORCET.

Nous avions des amis dans toutes les Cours. Outre ceux à qui plaisoit notre morale, mon prédécesseur d'Alembert avoit envoyé dans toute l'Europe une très-grande quantité de Précepteurs pour élever les enfans des grands Seigneurs dans nos principes ; il avoit aussi disséminé par-tout des Secrétaires dévoués à notre parti, pour nous faire part des secrets de leurs Maîtres. Au reste, quelques Souverains avoient adopté nos plans, et en avoient déjà exécuté une partie ; d'autres régnoient par leurs Ministres qui nous laissoient faire, et quelques-uns nous ont échappé.

LE CARDINAL.

Où étois-je ! comme vous auriez mal passé votre temps ! Et le Roi de Prusse défunt, qu'en disoit-il ?

CONDORCET.

C'étoit un traître qui s'amusoit à nos dépens. Nos Confrères l'ont en vain appelé le *Salomon du Nord*, et lui ont promis l'immortalité. Il nous mettoit aux prises les uns contre les autres, pour égayer ses soupers de nos jalousies et de nos querelles littéraires, mais sans permettre qu'on se mêlât d'administration. Nous donnâmes envie à l'Impératrice de Russie, Catherine, de nous connoître, et on lui dit qu'elle étoit *la Sémiramis du Nord* ; mais elle n'en renvoya pas moins l'Economiste Baudeau et l'Encyclopédiste Diderot, qui se proposoient d'éclairer le Nord de l'Europe sous ses auspices.

LE CARDINAL.

Ce Diderot dut être bien honteux.

CONDORCET.

Pas si honteux, Monseigneur ; et un grand Philosophe sait tirer parti de tout pour son amour-propre. Il revint de Russie à Paris à pied, en robe de chambre et en bonnet de nuit, précédé par son domestique, qui répondoit aux Curieux qui vouloient savoir qui étoit cet original : « C'est le grand M. Diderot. » Ce trait de Philosophie est d'un grand homme.

LE CARDINAL.

Mais que sont donc ces *Economistes* et ces *Encyclopédistes !* Il n'y avoit de mon temps que les *Jansénistes*.

CONDORCET.

Je le crois, Monseigneur ; mais l'esprit humain n'invente pas tout dans le même siècle. C'étoit deux divisions de la même souche, à laquelle s'étoient, à la vérité, réunis *les Jansénistes. Les Economistes* donnoient au Gouvernement des places pour le renverser, telle que la libre exportation des bleds, qui, avec l'aide du ministre Turgot, que nous avions proclamé un honnête homme, pensa mettre la famine en France, et être l'occasion d'une révolte du bon peuple qu'on poussoit à recouvrer ses droits de souveraineté ; nous eussions ainsi fait éclater une révolution en France, dans le même temps où nous devions faire brûler les châteaux en Bohême; mais la maison du Roi ne voulut pas entrer dans nos vues; ce qui fit manquer nos projets et lui valut son licenciement. Les Economistes étoient agricoles en systêmes, et nivelant tous les hommes, les eussent ramenés à l'âge d'or, où chacun étoit laboureur ou berger.

LE CARDINAL.

Il faut une belle patience pour écouter de sang froid de semblables choses; et les Encyclopédistes?

CONDORCET.

C'étoit là ma partie, Monseigneur; nous étions les compilateurs de toutes les connoissances humaines, et nous en avons formé un énorme ouvrage bien renforcé de philosophie. Ah, Monseigneur, que de travaux, que de soins pour former un peuple à une révolution! Croyez-vous que ce fût une petite affaire d'amalgamer tant de partis! Protestans, Jansénistes, Nihilistes, gens endettés, des hommes ambitieux, escrocs, etc. etc. et de faire hurler les mots *Égalité* et *Liberté*, de concert et à propos, à cette multitude ignorante et imbécille qui tenoit à notre parti ! Il falloit promettre aux uns, flatter les autres, éteindre la sensibilité de l'ame en ramenant chacun à l'amour exclusif de soi-même, prouver que la Religion n'étoit que superstition, que la justice étoit une barbarie, à cause du fatalisme qu'il falloit aussi prouver; démontrer que l'inégalité des conditions et des propriétés étoit un attentat aux lois de la Nature; le respect filial, une injure à la liberté civile; le meilleur des Rois, un tyran; les Prêtres, des imposteurs; et Dieu, indifférent aux actions des hommes, ou plutôt n'existant pas. Allez, Monseigneur, il falloit de l'audace pour concevoir et exécuter un tel plan.

LE CARDINAL.

Et encore plus de scélératesse; et les Jésuites, que disoient-ils de tout ceci ?

CONDORCET.

Monseigneur doit croire que notre premier soin a été de nous en défaire. Comment eussions-nous pu préparer la génération présente à ne rougir de rien pour soutenir la révolution, si les Jésuites eussent fait son éducation ! Nous ne fussions peut-être pas parvenus à faire lire nos Livres. Nous avons confié la jeunesse à nos amis ou à des hommes trop foibles pour oser s'écarter de nos plans. On ne devenoit pas profond, mais on savoit un peu de tout, et c'est ce qu'il falloit pour nous rendre hommage sans pouvoir pénétrer jusqu'à la hauteur de nos vues.

LE CARDINAL.

Comment avez-vous pu faire abolir l'ordre des Jésuites ?

CONDORCET.

Nous en avons même fait brûler comme sorciers en Portugal. Cela est-il si mal-adroit ?

LE CARDINAL.

Tout ceci est incroyable !

CONDORCET.

Quelque grand politique que soit Monseigneur, il

il ignore ce que peut la calomnie et l'appas des dépouilles des vaincus.

LE CARDINAL.

Mais au moins faut-il calomnier avec quelque vraisemblance.

CONDORCET.

Précisément, c'est la vraisemblance que nous évitons pour être crus. Il est reconnu qu'on ne croit que l'incroyable. Quoiqu'ils défendissent contre nous les Trônes et les dogmes de la Religion de l'Etat, nous n'en avons pas moins fait croire qu'ils professoient encore les mêmes principes de *régicide* que du temps de la Ligue, que les crimes de quelques individus morts il y a 150 ans, étoient dans l'esprit du corps entier. Là, nous avons dit qu'ils étoient Souverains au Paraguay, et qu'ils y avoient des armées; là, qu'ils vouloient substituer à tous les gouvernemens celui de la *Théocratie*, dont ils eussent été les chefs; là, qu'ils faisoient le commerce et s'enrichissoient par des banqueroutes frauduleuses; enfin, Monseigneur, on a cru tout cela, et nous admirions la stupidité de ceux qui s'en rapportoient à nous sans preuves et sans examen. On les a rassemblés dans des vaisseaux, on en a rempli les fonds de cale, et on les a envoyés à Sa Sainteté, qui, pour éviter pire, a bien été forcée d'abolir un Ordre que nous détestions.

LE CARDINAL.

Est-il possible que vous, qui deviez à vos contemporains tout le bien que vous pouviez leur faire; vous, dont les prédécesseurs maintenoient dans leurs écrits avec tant de force et de succès, les droits de l'Autel et du Trône, et à qui Louis XIV doit peut-être une partie de l'énergie des Français dans le temps de ses revers, vous vous soyez portés à de telles atrocités.

CONDORCET.

Il falloit bien, Monseigneur, être singulier dans ses systêmes, sans cela on n'eût pas pensé à nous.

LE CARDINAL.

Et les Beaux-Arts?

CONDORCET.

Il a bien fallu faire quelques sacrifices au bien général. On étoit rassasié de jouir du beau, et il falloit que tout fût hors de la nature, pour piquer et irriter les sensations. Ainsi, on aimoit mieux des magots que les belles proportions des statues Grecques. On préféroit une peinture lubrique de boudoir aux peintures sublimes de l'Histoire; on ne bâtissoit pas pour la troisième génération, dont on s'inquiétoit peu, et même nous avons fait à Paris une salle d'opéra en bois.

LE CARDINAL.

On a sans doute supprimé les prix académiques, que vous ne méritiez pas.

CONDORCET.

Au contraire, Monseigneur, on ne s'en rendoit digne qu'en se rapprochant de nos systêmes. Nous faisions juger les piéces au concours par un comité dont le sort, adroitement maîtrisé, choisissoit les membres toujours dans le sein des amis de la révolution; et la piéce qui contenoit le plus de pensées fortes, obtenoit le prix.

LE CARDINAL.

Nommez-moi quelques-uns de ces Juges équitables, afin que je les reconnoisse lorsqu'ils viendront à mon tribunal.

CONDORCET.

C'étoit communément d'Alembert, Ducis, La Harpe. . . .

« La Harpe ! s'écrie soudain une vieille Sybille du temple de Delphes, qui se trouvoit là. Curieuse et bavarde comme elle l'avoit toujours été, elle écoutoit avec un sourire malin le Coryphée académique. Au nom de La Harpe, qu'elle a répété avec force, Condorcet lève ses yeux sur elle, et aussi-tôt elle continue : « Bientôt, dit-elle, tu ne compteras » plus La Harpe parmi les tiens ; la lumière de la » vérité éclairera son cœur, et un sincère repentir » lui fera déplorer ses erreurs passées. Alors il ne » sera plus un diffus faiseur de paradoxes, et éla-» guant de son style tous les mots philosophiques » et révolutionnaires, il sera persuasif, éloquent et » touchant, ainsi qu'on l'est lorsqu'on n'est pas le » lâche apologiste de l'impiété, et qu'on manie le » levier terrible de la vérité. Il reconnoîtra qu'il y » a un Dieu, et deviendra l'Apôtre de son culte, et » le défenseur de la justice et de la raison. Vous le

» saviez bien, scélérats, lorsqu'on est religieux, on » est bien loin d'être républicain. »

LE CARDINAL.

Mais, comment l'amour-propre n'étoit-il pas un obstacle à ce que tant d'Auteurs écrivissent dans le même sens ?

CONDORCET.

L'esprit de parti nous conduisoit au même but en écrivant l'histoire, les piéces de théâtre, les romans, etc. Quant aux systêmes, nous prenions si peu de peine pour être d'accord, que souvent, dans le même ouvrage, une page contrarioit la précédente; mais qu'importe, quand on produit le même résultat, que ce soit par les systêmes de Spinosa, de Bayle, de Voltaire ou d'Helvétius ?

LE CARDINAL.

On devoit bien tirer parti de ces contradictions contre vous.

CONDORCET.

Cela n'y faisoit rien, Monseigneur; les hommes ont besoin qu'on calme leurs inquiétudes pour l'autre vie, et qu'on les mette à leur aise pour jouir de celle-ci, et ils n'y regardent pas alors de si près. Au reste, nous ne prétendions pas séduire les honnêtes gens, mais seulement les égorger, ainsi que ceux qui étoient clair-voyans. Nous nous occupions particulièrement de la multitude des sots et des ignorans. Nous sommes parvenus à accaparer leurs suffrages, et à les armer contre leurs plus grands intérêts pour la cause de la Philosophie.

LE CARDINAL.

Qu'est-il donc résulté d'une immoralité si profonde, et de poisons aussi actifs?

CONDORCET.

Il en est résulté, en attendant les bienfaits de la *Liberté* et de l'*Egalité*, que nous avons déclaré la guerre à toute l'Europe, que nous avons fait de la France une République, égorgé ou chassé les Prêtres et les Nobles, fait périr trois millions de Français, et assassiné ou empoisonné deux Rois de France, une Reine, une Princesse...

LE CARDINAL.

Oh! les infâmes scélérats! Et les Français désabusés ne vous ont pas exterminés! De mon temps, ils n'auroient pas souffert de tels forfaits. Vous les avez donc bien corrompus. J'en sais assez pour pouvoir vous juger, et vous allez recevoir la juste récompense de vos crimes.

Alors Condorcet demanda grace, et supplia le Cardinal de n'être pas inflexible, ainsi que les Vainqueurs du 31 Mai. Il dit, pour ses raisons, qu'il avoit été séduit par le grand et noble spectacle que lui présentoit une assemblée de Souverains composée de Gens de Lettres et d'Avocats; qu'il n'avoit voulu détruire la société que pour la récréer sur un nouveau plan, que tout ceci n'étoit que l'innocent essai de systêmes philantropiques; qu'au reste, il avoit déjà été assez puni sur la terre par les violentes coliques que lui avoit occasionné l'arsenic qu'il avoit été obligé de prendre, et par la peine qu'il avoit eue à surmonter la répugnance qu'on éprouve à s'empoisonner, quoique cette manière de mourir soit très-républicaine; mais le Cardinal, qui ne pardonna guère pendant sa vie, étoit trop pénétré d'horreur de tout ce qu'il venoit d'entendre, pour pouvoir se laisser fléchir. Quatre bourreaux vinrent s'emparer du criminel. Il fut affublé d'un bonnet rouge et d'une casaque aux trois couleurs, et le Cardinal ordonna qu'avant tout, il feroit amende honorable à Dieu et aux hommes qu'il avoit tant outragés. On apporta une cocarde blanche qui fut mise sur un coussin de brocard d'or, et un bourreau lui ayant mis à la main un cierge de soufre et de poix, lui dit : « Prosterne-toi » devant ce symbole auguste de l'honneur et de la » fidélité ; » il ne s'en soucioit guère. On lui dit : « Encore plus bas, elle vient du corps de Monsei- » gneur le Prince de Condé. » Notre Philosophe argua contre la qualité de Monseigneur, et dit que ce Prince étoit un homme tout comme un autre ; mais il y avoit là quelques ombres de patriotes de la réquisition, descendus aux Enfers à l'époque de l'affaire de Berstheim en Alsace, qui lui dirent : « On » voit bien que vous autres gens de Lettres faites » battre les autres, mais ne vous battez pas ; si vous » aviez vu ce Prince reprendre le village de Bers- » theim avec son fils et son petit-fils, à la tête de la » Noblesse, vous ne diriez pas que c'est un homme » comme un autre. » Il balbutia entre les dents le mot *Héros*, mais si bas qu'on l'entendit à peine, craignant d'avoir près de lui quelque clubiste qui le dénonçât, tant les impressions que reçoit l'ame restent empreintes dans les Enfers. Après qu'on eût placé dans le cœur du coupable le ver rongeur du remords, il fut ordonné qu'il seroit bouilli éternellement dans le noir Cocyte ; et afin que les douleurs de la brûlure ne le portassent pas à s'échapper dans la campagne, il lui fut donné une garde qui se trouva composée de deux Emigrés du siége de Menin, de deux Vendéens de la bataille de Luçon, de quatre assommés de la Glacière d'Avignon, de quatre égorgés du deux Septembre, de quatre mitraillés de Lyon, et de quatre noyés de Nantes dans les batteaux à sous-pape ; lesquels se promirent bien de ne pas laisser échapper l'ami Condorcet.

Par M. DE T. D. Secrétaire de
la Société Littéraire,

F I N.

TABLE

Des Piéces contenues dans ce Volume.

Fin de la Table.

www.ingramcontent.com/pod-product-compliance
Lightning Source LLC
Chambersburg PA
CBHW072102020726
47501CB00003B/686

* 9 7 8 2 0 1 4 4 7 8 1 5 0 *